DE
L'INVERSION DE L'INSTINCT SEXUEL

AU POINT DE VUE MÉDICO-LÉGAL

THÈSE

I0690451

PRÉSENTÉE

A LA FACULTÉ DE MÉDECINE ET DE PHARMACIE DE LYON

Et soutenue publiquement le 3 Novembre 1885

POUR OBTENIR LE GRADE DE DOCTEUR EN MÉDECINE

PAR

JULIEN CHEVALIER

LYON

IMPRIMERIE NOUVELLE

52, Rue Ferrandière, 52

—

Novembre 1885

PERSONNEL DE LA FACULTÉ

MM. LORTET. . . . . Doyen.

BONDET. . . . . }
CROLAS. . . . . } Assesseurs.
MONOYER . . . . }

PROFESSEURS HONORAIRES

MM. DESGRANGES, B. TEISSIER.

PROFESSEURS

Cliniques médicales . . . . { **M**. LÉPINE.
. . . . } BONDET.
Cliniques chirurgicales. . . . . { OLLIER.
. . . . } TRIPIER (Léon).
Clinique obstétricale et Accouchements. . . . . BOUCHACOURT.
Clinique ophtalmologique. . . . . GAYET.
Clinique des maladies cutanées et syphilitiques. . . . GAILLETON.
Clinique des maladies mentales . . . . PIERRET.
Physique médicale. . . . . MONOYER.
Chimie minérale. . . . . GLÉNARD.
Chimie organique et Toxicologie . . . . CAZENEUVE.
Matière médicale et Botanique. . . . . CAUVET.
Zoologie et Anatomie comparée . . . . LORTET.
Anatomie. PAULET.
Anatomie générale et Histologie. . . . . RENAUT.
Physiologie. . . . . MORAT.
Pathologie interne. . . . . J. TEISSIER.
Pathologie externe. . . . . BERNE.
Pathologie et Thérapeutique générales. . . . . . . MAYET.
Anatomie pathologique. . . . . TRIPIER (Raymond).
Médecine opératoire . . . . PONCET.
Médecine expérimentale et comparée. . . . . CHAUVEAU.
Médecine légale. . . . . LACASSAGNE.
Hygiène . . . . ROLLET.
Thérapeutique . . . . SOULIER.
Pharmacie. CROLAS.

PROFESSEURS ADJOINTS

Clinique médicale. . . . . MM. RAMBAUD.
Cours complémentaire d'Accouchements . . . . DELORE.

CHARGÉS DES CLINIQUES COMPLÉMENTAIRES

Clinique des Maladies des Femmes. . . . . MM. LAROYENNE, chargé du cours.
Clinique des Maladies des Enfants. . . . . PERROUD, chargé du cours.

AGRÉGÉS

MM. BARD	MM. DEBIERRE	MM. PERRET	MM. VINAY	CHARGÉ DES FONCTIONS D'AGRÉGÉ
BEAUVISAGE	LAURE	POLLOSSON	VINCENT	M. CHARPY
BOUVERET	LEVRAT	POULLET		
CHANDELUX	LINOSSIER	SABATIER		

M. ÉTIÉVANT, Secrétaire.

EXAMINATEURS DE LA THÈSE

M. LACASSAGNE, président; M. MAYET, assesseur; MM. VINAY et DEBIERRE, agrégés.

INTRODUCTION

___

DÉFINITION — SYNONYMIE — NOSOLOGIE — DIVISION — BUT — PLAN

De tous les désordres propres aux facultés affec-
tives, les aberrations, perversions, anomalies de
l'instinct sexuel, sont de beaucoup les plus fréquentes,
les plus variées, les plus étranges, quelquefois les
plus violentes ; et cela se conçoit aisément, si l'on
considère que la satisfaction de cet instinct est un
des plus impérieux besoins qui commandent à l'homme
et aux animaux, que son fonctionnement est une des
nécessités les plus exigeantes de leur organisation.

Que si, voulant apporter un peu de lumière dans
l'obscurité et le chaos où ont jeté l'esprit des lectures
hâtives, faites çà et là, on ouvre des livres spéciaux,
des traités didactiques ayant la prétention de tirer au
clair ces questions délicates, on s'aperçoit avec éton-
nement, après les avoir lus, et même relus, qu'on n'est
guère plus avancé, guère mieux renseigné qu'auparavant. A quoi tiennent donc cette obscurité et cette

2

confusion si tenaces? A plusieurs causes suivant nous : premièrement à un parti pris pour ainsi dire puéril de pudeur mal placée, parti pris dont le résultat a été pendant longtemps l'abandon presque complet de tout un côté des questions relatives au sens génital ; puis au nombre, à la variété des formes pathologiques qu'on s'est plu à créer ; à leur parenté réciproque, à leur air de famille (Moreau), qui en rendent la différenciation si difficile ; ensuite, au défaut de précision des définitions et au désaccord des auteurs sur ces définitions ; enfin, et surtout à l'absence de toute classification méthodique ayant un point de départ fixe, une base scientifique.

Jusqu'ici, en effet, aucune classification proprement dite des maladies de l'instinct sexuel n'avait été proposée ; on se contentait de les énumérer et de les étudier, en suivant une gradation ascendante en violence et en monstruosité, en partant des plus simples pour aboutir aux plus abominables ; on les classait, en un mot, par rang d'énormité. On était ainsi arrivé à former une sorte de gamme comprenant toutes les formes pathologiques, depuis le tempérament génital et même la simple coquetterie jusqu'à la pédérastie, depuis les névroses à symptômes génitaux prodromiques (ataxie, rage) jusqu'à la bestialité, en passant par l'érotomanie et le satyriasis.

Michéa, en 1849, avait bien, à propos du sergent Bertrand, le *vampire*, cet *amant de la mort* (Castelneau), tenté une classification dans un bon mémoire intitulé : *Des Déviations maladives de l'appétit vénérien* (*Union médicale*, 17 juillet 1849) ; c'est ainsi qu'il classait ces déviations en quatre genres qui sont, pour lui, par ordre de fréquence : 1° l'amour grec ou d'un individu pour son sexe ; 2° la bestialité ; 3° l'attrait pour un objet de nature insensible ; 4° l'attrait pour le cadavre humain ; mais cette classification est rudimentaire, incomplète et sans base scientifique.

Il faut arriver jusqu'à ces derniers temps pour trouver des classifications comblant les *desiderata* de la science, c'est-à-dire ayant de la méthode, de l'ampleur et une base fixe.

Deux classifications ont été proposées à peu près à la même époque :

1° L'une, par M. Magnan, médecin de l'asile de Ste-Anne, dans un mémoire lu à l'Académie de médecine, dans la séance du 13 janvier 1885, ayant pour titre : *Des anomalies, des aberrations et des perversions sexuelles ;*

2° L'autre, par notre maître, M. Lacassagne, professeur de médecine légale à la Faculté de Lyon, à son cours de l'année 1884-85, au mois de novembre 1884.

Nous allons les résumer brièvement.

CLASSIFICATION DE M. MAGNAN

Cette ingénieuse classification est basée sur l'anatomie et la physiologie ; elle repose plus particulièrement sur la théorie des actions réflexes. On peut, suivant le point de départ de leur névrose, étant données les fonctions des différentes parties des centres nerveux, établir les catégories suivantes de malades :

1" Groupe : les *spinaux.*

Ils sont réduits au réflexe simple ; tout est médullaire chez eux ; c'est une simple perversion fonctionnelle du centre génito-spinal de Budge, une des manifestations de cette vie purement végétative dont vivent ces malades.

Tel est le cas de cette idiote se livrant à la masturbation sans que rien ne l'arrête.

2° Groupe : les *spinaux cérébraux postérieurs.*

Le réflexe part de la couche corticale de la région cérébrale postérieure, zone qui est située en arrière de la circonvolution pariétale ascendante, qui contient les centres perceptifs et sensitifs, qui est le substratum organique des appétits et des instincts, qui, en un mot, est le siège de l'automatisme cérébral dès que la région antérieure vient à perdre, pour une raison quelconque, la haute direction fonctionnelle, et aboutit à la moelle. La vue, l'image d'un sujet du sexe différent provoque l'orgasme : c'est l'acte instinctif purement brutal.

Tel est le cas de cette dame chez laquelle la vue d'un homme provoque des sensations voluptueuses.

3° Groupe : les *spinaux cérébraux antérieurs.*

Le mécanisme physiologique des fonctions sexuelles se retrouve chez ces malades, mais avec des éléments faussés ou pervertis. Ainsi l'idée, le sentiment, le penchant, qui émanent de l'écorce cérébrale antérieure, exercent bien en dernière analyse, comme à l'état normal, leur action sur le centre génito-spinal, mais étant pervertis en tant que cause, ils le mettent en jeu pathologiquement ; l'influence psychique produit son effet, seulement elle est altérée.

Tel est le cas de cette dame qui éprouve un penchant irrésistible pour un enfant de deux ans, de cet homme qui en aime un autre, de cette jeune fille qui s'éprend d'une amie, de ce jeune homme dont la passion a pour objet un tablier blanc, etc., etc.

4° Groupe : les *cérébraux antérieurs ou psychiques*.

Il y a chez ces malades une sorte de disparition, d'annihilation de la puissance fonctionnelle du centre génito-spinal, au profit des régions cérébrales antérieures ; la moelle et le cerveau postérieur sont silencieux ; on est installé en pleine région frontale. C'est l'amour sans désir vénérien, en dehors de toute préoccupation charnelle ; ce sont les platoniques, les extatiques, les érotomanes ; c'est la chasteté absolue, le platonisme pur.

Tel est le cas de ce jeune homme amoureux de Myrtho réfugiée dans une étoile.

CLASSIFICATION DE M. LACASSAGNE

Cette classification est naturelle, philosophique, très simple en même temps que très générale. On se préoccupe moins de la raison, du mécanisme et de la localisation du phénomène anormal que du fait en lui-même, dans ses caractères et sa nature intime.

M. Lacassagne part de ce principe, que tout phénomène physiologique, toute fonction peut être intéressée pathologiquement à deux points de vue différents : 1° suivant sa *quantité*, c'est-à-dire le degré plus ou moins élevé d'activité, d'énergie avec laquelle elle s'accomplit ; 2° suivant sa *qualité*, c'est-à-dire le sens dans lequel elle s'exécute, le but qui lui est assigné, son essence même, en un mot.

Cette loi s'applique à l'instinct sexuel au même titre qu'à toute fonction, qu'à la vision par exemple. Cet instinct peut donc être : 1° normal ; 2° augmenté ou diminué ; 3° perverti. A chacune de ces modalités correspondent un certain nombre de formes pathologiques bien définies et s'adaptant parfaitement à leur cadre.

I. — Formes pathologiques portant sur la *quantité*.

Il est évident que cette quantité ne peut être qu'augmentée ou diminuée ; il est évident aussi que les états d'exagération seront bien plus nombreux que ceux de diminution, si l'on réfléchit que la fonction génitale est une fonction positive par excellence, résidant tout entière dans l'activité, tout phénomène physiologique ayant d'ailleurs une plus grande tendance à s'exagérer qu'à s'affaiblir dès qu'une influence morbide l'intéresse.

A. — *Etats d'augmentation.*

Cette classe comprend : le tempérament génital

ou érotique ; — les névroses à symptômes génitaux prodromiques (ataxie) ; — l'onanisme ; — le satyriasis et la nymphomanie, etc.

B. — *Etats de diminution.*

Cette classe comprend : la frigidité ; — l'impuissance, etc.

II. — Formes pathologiques portant sur la *qualité.*

L'instinct sexuel est perverti, troublé profondément, dévié de son objectif naturel. Ce groupe comprend :

1° L'inversion du sens génital (Charcot et Magnan) sous ses deux aspects : pédérastie et tribadisme ; — 2° la nécrophilie ; — 3° la bestialité ; — 4° l'amour s'adressant à un objet inanimé ; les malades présentant ce symptôme sont très heureusement nommés par M. Lacassagne, dans l'article PÉDÉRASTIE du DICTIONNAIRE ENCYCLOPÉDIQUE : les *nihilistes de la chair.*

Telles sont les deux seules classifications qui aient été données des désordres du sens génital. Que si maintenant nous les comparons entre elles, nous voyons sans peine qu'elles se touchent par plus d'un point, qu'elles ont plus d'une analogie. Ainsi, le groupe des spinaux cérébraux antérieurs de M. Magnan correspond absolument à ce que M. Lacassagne entend par états pathologiques portant sur la qualité. Ces deux groupes n'en font qu'un, comprenant à lui seul toutes les déviations maladives de l'appétit vénérien de M. Michéa. Il ne nous reste plus qu'à les définir, en proposant toutefois, dans l'intérêt de la terminologie, une légère modification consistant à réserver le terme générique de *déviations* à tous les symptômes de ce groupe autres que l'inversion. On a ainsi :

I. — L'inversion de l'instinct sexuel, c'est-à-dire l'amour pour un être humain du même sexe et vivant, sous ses deux aspects : d'homme à homme : pédérastie ; de femme à femme : tribadisme.

II. — Les déviations de l'instinct sexuel comprenant :

1° La nécrophilie, c'est-à-dire l'amour pour le cadavre ;

2° La bestialité, c'est-à-dire l'amour pour un être vivant autre que la personne humaine, l'amour pour un animal ;

3° L'azoophilie (qu'on nous permette de proposer ce terme), c'est-à-dire l'amour pour un objet quelconque inanimé, de nature insensible, une statue, par exemple.

Ce sont précisément ces quatre sortes d'aberrations, ces cérébraux spinaux antérieurs, ces états pathologiques de l'instinct sexuel suivant la qualité, qui vont faire l'objet de ce travail. Cela peut sembler à première vue en désaccord avec le titre, mais la contradiction n'est qu'apparente. Nous nous proposons bien, à vrai dire, de n'étudier que l'inversion et même de ne l'envisager qu'à un point de vue particulier, mais, du même coup, sans que l'intention y soit pour ainsi dire, nous ferons l'étude des trois autres formes. C'est qu'en effet elles sont en quelque sorte solidaires, inséparables l'une de l'autre ; ce ne sont pas des entités morbides distinctes, mais bien des modalités symptomatiques diverses d'un même fond pathologique, d'une même maladie plus profonde, au même titre que la dipsomanie ou la pyro-'manie. On ne peut donc traiter de l'une sans traiter des trois autres, nous tenons à le faire remarquer, et c'est autant pour justifier cette remarque que pour indiquer la place et l'importance de l'inversion dans le cadre nosologique, que nous avons si longuement insisté sur les différentes classifications. Chaque chapitre de ce travail pourra se répéter, avec quelques modifications, pour toute autre vésanie de ce groupe, la bestialité par exemple ; elle a, elle aussi, sa mytho-logie, ses observations, sa littérature ; nous n'en voulons pour preuve que Pasiphaé et son taureau, les Celtes et leurs juments, le livre de Balzac : *Une Passion au désert*, et les travaux récents sur l'ori-gine de la Dourine.

La place de l'inversion dans le cadre nosologique et sa solidarité avec les autres formes du même groupe étant bien établies, nous pouvons maintenant nous demander comment les auteurs l'ont comprise jusqu'ici, et exposer quelle est notre manière de voir, quel est notre but et quel est le plan que nous avons adopté.

Et d'abord, quelle opinion de l'inversion se sont faite les auteurs qui nous ont précédé dans cette étude et quelle définition exacte en ont-ils donnée ? Westphal, qui, le premier, attira l'attention sur cet état, se servit d'une formule nouvelle comme ce qu'elle signifiait ; il l'appela : *Die Contrare sexua-lempfindung*, c'est-à-dire *sens sexuel contraire*.

Mais on a mis véritablement la langue française à la torture avant d'arriver à l'expression d'inversion. Voici les périphrases plus ou moins fidèles que l'on a tour à tour proposées : *sens génital, instinct sexuel contraire, inverse, perverti, interverti;* — *attractions, impulsions, sensations sexuelles contraires, inverses, perverties;* — *attraction des sexes semblables;* — *sensation croisée de l'individualité sexuelle;* — *sexualité contraire;* — *perversion, interversion de l'instinct sexuel;* — *inversion des attractions sexuelles.* Tamassia, le premier, et après lui Cantarano, se servant du terme inversion, définirent cet état *inversione dell'istinto sessuale;* Lombroso l'appela *amore invertito;* Julien Krueg : *perverted sexual instincts;* enfin, MM. Charcot et Magnan indiquèrent la formule généralement adoptée aujourd'hui : *inversion du sens génital.* Cette richesse de synonymes et cette diversité d'expressions n'ont pas empêché toutefois les auteurs, s'ils étaient en désaccord sur les mots, de s'entendre parfaitement sur le sens qu'ils leur attribuaient. Tous ceux qui jusqu'ici se sont occupés de l'inversion, depuis Westphal jusqu'à MM. Charcot et Magnan, ont voulu désigner un désordre spécial de l'instinct sexuel, indépendant de la volonté, congénital, inné; un symptôme d'un état psychopathique ou neuropathique anormal, se montrant spécialement dans cette catégorie de malades qu'on désigne sous le nom de *dégénérés,* ces victimes de l'hérédité. Pour nous, nous acceptons la définition de Westphal, mais en l'élargissant; nous estimons que toutes les fois que l'instinct sexuel cherche sa satisfaction dans un commerce voluptueux contre nature, que la raison en soit dans la recherche de voluptés nouvelles, dans une constitution anatomique particulière ou dans un état pathologique héréditaire, il y a inversion. Aussi, pour donner une définition rigoureuse, nous dirons qu'elle consiste dans l'*amour exclusif et invincible d'un individu pour un individu du même sexe que celui dont il fait morphologiquement partie, avec indifférence ou répulsion pour un individu du sexe opposé au sien, quelle que soit la cause de cet état.*

La définition de Westphal ainsi modifiée et généralisée, s'impose, suivant nous — nous sommes obligés d'anticiper pour exposer notre but — une division que nous proposons et que nous légitimerons plus loin. L'inversion de l'instinct sexuel peut se rencontrer dans trois cas différents :

1° Dans le premier cas, elle se montre peu à peu, degré par degré, et à un certain âge seulement, chez un individu primitivement sain de corps et d'esprit ; celui qui la présente a pleinement conscience de cette sorte de modification progressive ; la perversion ne dépend que de sa volonté ; elle est en quelque sorte factice, voulue, cherchée, acceptée ; elle devient une habitude et tient du vice. Les pédérastes par luxure rentrent dans ce cas. C'est la forme acquise ; ce sera pour nous, désormais, l'*inversion acquise.*

2° Dans le second cas, elle est sous la dépendance d'une disposition anatomique spéciale, mais non morbide, des organes génitaux (hermaphrodisme), ou liée à des lésions anatomiques, et alors intercurrente dans l'affection déterminée par ces lésions (paralysie générale, etc.) ; nous appellerons désormais cette forme l'*inversion secondaire*.

3° Dans le troisième cas, elle est au-dessus de la volonté de celui qui la subit ; elle est congénitale, innée ; c'est un héritage auquel le malade ne peut se soustraire ; c'est l'inversion des auteurs, l'inversion proprement dite ; elle sera pour nous l'*inversion native*.

Eh bien ! c'est spécialement à cette dernière forme que nous consacrons cette étude ; c'est à elle que nous en demanderons les matériaux, les éléments, c'est-à-dire les observations. Nous ne passerons pas complètement sous silence les deux premières, mais, qu'on le sache bien, nous n'en parlerons que pour en rechercher les caractères, de manière à les opposer à ceux de la troisième. Notre travail n'est pas une étude sur la pédérastie, nous y insistons à dessein, non pas qu'il nous répugnerait que cela fût, mais parce que cela n'est pas. La pédérastie n'a rien de commun avec l'inversion proprement dite, et c'est précisément pour démontrer cette vérité que ce mémoire est fait.

Nous voulons simplement présenter ce qu'on peut appeler, avec M. Magnan, des *sexuels intervertis*, rechercher pourquoi ils sont, comment ils sont, quel est leur état mental, quel est leur degré de responsabilité. Nous envisagerons surtout le côté psychologique et médico-légal de la question, et nous insisterons de préférence sur le point de vue psychopathique ou neuropathique de l'état de ces héréditaires. Nous négligerons tout ce qui pourrait momentanément les rapprocher des pédérastés ou des tribades de leur névrose ; nous voulons parler du manuel opératoire de l'inversion cherchant à se satisfaire, des lésions qui résultent de rapports contre nature, etc., etc. Ce sont là des faits secondaires, peu intéressants en eux-mêmes, connus, et sur lesquels nous n'aurions rien à apprendre.

Nous pourrions donc donner un second titre à cette étude : *De l'hermaphrodisme moral*, expression très heureuse de notre maître, M. Lacassagne, et que — soit dit en passant — M. Gley a l'air de s'attribuer. C'est la pensée fixée sur cette expression que nous écrirons chaque page ; elle se réflètera, déteindra, pour ainsi dire, sur chacune d'elles.

Que si nous avons préféré ce titre et cette formule : inversion *de l'instinct sexuel* à celle adoptée par MM. Charcot et Magnan : inversion *du sens génital*, c'est qu'elle nous a semblé plus conforme à la nature même de la fonction qu'elle est chargée d'indiquer. Ce n'est pas un sens, c'est un instinct, avec tous les caractères qui le distinguent (spontanéité, etc.) ; c'est un instinct comme celui de la conservation, après lequel il vient en puissance, et dont il n'est, en somme, qu'une forme, puisqu'il est l'instinct de la conservation par anticipation ; nous préférons le qualificatif *sexuel* au qualificatif *génésique* ou *génital* parce que, en l'espèce, dans le cas présent, la notion de sexe est la notion dominante, l'idée de procréation étant, au contraire, nulle.

Le titre de ce travail justifié, disons l'ordre dans lequel nous examinerons ses diverses faces. Il se composera de quatre parties.

1" Partie : c'est la présente introduction ;

2° Partie : elle comprendra l'étude *du passé* à un triple point de vue, l'étude de l'inversion dans l'histoire, la littérature, la science. (*a*) Dans le premier, nous passerons en revue les différentes manifestations historiques de cette aberration : ce sera l'*historique des faits.* Cette étude nous fournira un certain nombre de cas pathologiques plus ou moins probants et dont quelques-uns auront la valeur de véritables observations. (*b*) Dans le second, nous examinerons les sortes d'observations fictives rapportées par les littérateurs (poètes, historiens, romanciers), et les conclusions qui se dégagent de leurs écrits : ce sera l'*historique littéraire.* (*c*) Dans le troisième enfin, nous rechercherons quels savants, quels médecins aliénistes ou légistes se sont occupés de l'inversion ; nous consignerons les cas rapportés et les jugements formulés par eux : ce sera l'*historique médical.*

3° Partie : elle comprendra l'étude des formes acquises et secondaires de l'inversion ; il est évident, nous l'avons déjà fait remarquer, que notre but n'est pas de faire le tableau complet de ces deux formes ; nous voulons simplement en montrer les caractères, afin de pouvoir les opposer à ceux de l'inversion proprement dite, et servir ainsi à leur diagnostic.

4° Partie : elle sera consacrée tout entière à l'inversion native ; nous donnerons les *observations* et nous étudierons la question sous toutes ses faces, qu'on envisage l'aberration : (*a*) dans ses manifestations : *symptomatologie;* (*b*) dans ses causes et origines et dans sa nature : *pathogénie* (côté médico-psychologique); (*c*) dans sa différenciation des deux autres formes : *diagnostic* (côté médico-légal); cette étude fixera la conduite à tenir devant ses désordres : (*d*) dans sa curabilité : *traitement.*

Et maintenant que, grâce à cette longue introduction, la nature et le but de ce travail sont bien définis, que tout malentendu est, par avance, dissipé, qu'on me permette d'exposer franchement ma pensée. Ce n'est pas sans peine, je l'avoue, que je suis parvenu à me faire une mentalité capable de mener à bonne fin l'entreprise commencée. Dès les premiers pas, je reculai effrayé : c'est que, malgré mes efforts pour m'affranchir d'une hérédité psychique séculaire, il en restait encore quelque chose en moi. J'étais d'autant plus intimidé, que rien n'était en réalité plus facile que de faire fausse route. Dans un pareil sujet, sans règle de conduite fixe, deux excès contraires sont à redouter : la timidité ou l'obscénité. Je n'avais, pour ne verser ni dans l'une ni dans l'autre, qu'un moyen : prendre la science comme point de repaire, en faire le phare éclairant ma route. Procéder sans passion comme sans parti pris, sans fausse honte comme sans légèreté, sans intention ni de prêcher, ni d'offenser ; appliquer aux faits une analyse pénétrante ; demeurer constamment sur le terrain scientifique, c'est-à-dire être à la fois complet et chaste, telle a été ma constante préoccupation. Je souhaite ardemment de n'être jamais détrompé.

Ce travail a été fait sous la direction de M. le Professeur Lacassagne ; que notre savant maître reçoive ici l'expression de notre profonde reconnaissance, pour ses conseils qui nous ont toujours si puissamment aidé, et pour l'intérêt qu'il nous a constamment témoigné.

Nous remercions aussi M. le Dᵣ Henri Coutagne, dont les conseils éclairés ne nous ont jamais fait défaut.

DE

L'INVERSION DE L'INSTINCT SEXUEL

AU POINT DE VUE MÉDICO-LÉGAL

CHAPITRE PREMIER

HISTORIQUE DES FAITS

Si le mot inversion est de date récente, ce qu'il
indique est très ancien, on peut dire aussi vieux que
le monde. Pour étudier convenablement ces diverses
manifestations à travers les âges, il faut, comme l'a
très bien montré M. Lacassagne, à propos de la
crémation (art. *Crémation* in *Dict. encycl. des scien-
ces médicales*, article auquel nous empruntons ces
données), se placer à un point de vue philosophique,
se demander suivant quels grands courants a évolué
l'humanité ; en un mot, tirer parti de la filiation historique. Que si l'on voit un fait se produire toujours
et partout, à toutes les époques, sous toutes les latitudes, il faut convenir que ce n'est pas un fait for-
tuit, accidentel, mais qu'il a sa cause profonde. Cette
cause existe, mais où est-elle ? Que si, d'un autre

4

côté, en suivant dans l'histoire l'évolution d'un ensemble d'opinions sur un même point, tel que la morale, par exemple, on la voit éprouver des modifications successives dans les différents milieux sociaux, on voit aussi qu'elle n'a pas été réglée d'une façon arbitraire par ces sociétés, et que ces divers changements ont été partout les mêmes, et suivant une loi naturelle et constante. Eh bien ! la cause du fait toujours et partout répété, la raison de la loi naturelle et constante, résident dans la mentalité successive de l'humanité. C'est ce qu'a magnifiquement démontré Aug. Comte, quand il a établi sa belle théorie du fétichisme ; nous nous baserons sur les grandes lignes qu'il a tracées pour admettre quatre grandes périodes dans l'histoire :

1° La Période fétichique ou Fétichisme ;
2° Le Polythéisme ;
3° Le Monothéisme ;
4° La Période contemporaine.

Mais avant d'étudier les périodes qui marquent l'évolution de l'esprit humain, il faut savoir de quoi se compose l'esprit de l'homme.

Tout le monde reconnaît chez l'homme moral trois éléments : l'intelligence, le sentiment et l'activité, fonctions supérieures, localisées, pour la science moderne, dans des organes matériels. La volonté n'est autre chose que la réaction de l'une ou l'autre de ces fonctions, ou d'un juste équilibre des sentiments et des facultés intellectuelles. La prédominance d'une fonction, fait psychique auquel correspond la prédominance de l'organe, fait matériel, détermine donc le sens de l'acte. Or, comme dans l'histoire de l'humanité il y a toujours eu, chez la masse, prédominance d'une fonction sur l'autre, c'est grâce à sa connaissance qu'on sera fixé sur la direction des actes des hommes. Eh bien! ce qui caractérise l'homme fétichique, c'est une prépondérance immense, colossale, prise par le sentiment sur l'intelligence réduite à un rôle secondaire. Tout est amour ou haine chez lui, la nature, à laquelle il attribue généreusement ses sentiments, il l'adore ou la craint. Que chez lui l'instinct sexuel ait été très puissant, il n'y a rien là qui doive étonner ; ne sentant aucun frein à sa passion, ni en lui-même ni au dehors, il ne demandait à la raison que les moyens de la satisfaire. Aussi, est-ce à cette époque que l'on observe les faits les plus curieux relativement au sens génital : l'union de la fille et du père en Egypte, du fils et de la mère en Perse, du frère et de la sœur au Pérou, chez les Incas, etc. Les passions contre nature, on le conçoit, durent être très générales. On a vivement attaqué les sociétés primitives en leur imputant toutes sortes d'instincts grossiers ; on eût mieux fait de rechercher dans quelles conditions psychiques et matérielles leurs sentiments affectifs pouvaient s'exercer ; car, en somme, ces peuples enfants furent logiques dans leurs croyances et dans leurs mœurs. Ils obéirent aux tendances spontanées invincibles de notre nature. Telle est la période fétichique.

Mais l'homme ne pouvait éternellement rester fétichique ; après avoir adoré les astres, il sacrifia aux
dieux et se créa, avec l'idée de divinité, une foule d'i-
dées adjacentes, idée de vie future, de récompenses
et de pénalités *post mortem*, etc.

Ainsi, par une conséquence naturelle, on passe
des sociétés astrolatiques aux sociétés polythéistes.
Ce polythéisme, avec ses philosophies, ses systèmes,
eut une influence certaine sur les mœurs ; il contri-
bua puissamment à diminuer la prépondérance du
sentiment en activant et fortifiant l'intelligence.
Il comprend les sociétés grecques et romaines.

Mais il appartenait au monothéïsme d'agir plus
efficacement encore sur la mentalité des peuples.
Représenté par le christianisme et préparé par
la philosophie grecque, il pénétra dans le monde
grec et dans le monde romain par les soins du grand
saint Paul. Le nouveau dogme détrôna les sens et
proclama le triomphe de l'esprit sur la matière.
Il releva la femme et, tout en favorisant l'essor de
l'intelligence, il amoindrit le rôle du sentiment et des
instincts en s'attaquant de front aux mœurs. Cette
époque commence à la fin de l'empire romain, rem-
plit le moyen âge et dure encore.

Mais quelque grands qu'aient été les efforts des
religions, des doctrines, des philosophies, si l'on va
au fond des choses, il est facile de constater qu'elles
n'ont fait qu'effleurer le cerveau des hommes, et
que leur influence a été toute superficielle et toute
factice. Nous laissons ici la parole à M. Lacassagne ;

notre maître s'expliquera. mieux que nous : « Il
faut bien le reconnaître, toute révolution philosophique et religieuse, si grande qu'elle soit, si pro-
fitable qu'on la juge aux intérêts de l'humanité,
ne pénètre jamais très avant dans les profondeurs
des couches sociales, et la foule demeure généralement insensible aux séductions des plus savantes
théories. L'élite travaille et se perfectionne, mais la
masse demeure au même point. Elle accepte facilement, en fait de théorie, tout ce qui lui vient
d'en haut, et se laisse, sans résistance apparente,
imposer tous les cultes ; mais si l'on va au fond des
choses et que l'on cherche ce qu'il y a sous cette apparence, on trouve que l'adepte des religions les
plus raffinées est demeuré, sous le rapport des idées,
l'homme primitif qui habitait la grotte de l'âge qua-
ternaire... Prise dans sa masse, l'humanité est restée
ce qu'elle était au début : purement fétichique, et,
même chez les hommes les plus instruits et les plus
émancipés, il ne serait pas difficile de démêler ce
qu'il y a encore dans leurs actes de conforme à ces
tendances prime sautières, spontanées, invincibles,
de notre nature. »

Les religions et les systèmes philosophiques ont
donc échoué quand ils se sont attaqués à ces an-
tiques et inaltérables tendances, mais elles se sont
réveillées bien plus vivace encore, depuis que le
scepticisme pénétrant dans la société, elles ont été
délivrées d'une compression séculaire. Car, on ne
peut le nier, étant donné l'abaissement qui va gran-
dissant d'année en année des croyances surnaturelles,

et qui a commencé, comme l'a très bien fait remarquer M. Lafitte, il y a un siècle, nous entrons en quelque sorte dans une ère nouvelle, nous assistons à une renaissance fétichique. Mais, qu'on se rassure, ce qui renaît c'est un fétichisme mitigé, civilisé, surprenant l'homme dans un état psychique bien différent de celui de l'homme primitif. Résurrection du fétichisme, tel est donc le caractère de l'époque contemporaine. Ainsi s'explique, en partie, cette explosion générale dont nous sommes actuellement témoins, de tous les instincts demandant impérieusement satisfaction, et en particulier de l'instinct sexuel ; telle est une des raisons de l'excitation génitale excessive de notre époque.

La direction de la volonté humaine aux divers âges étant ainsi expliquée — nous utiliserons encore ces données à propos de l'étiologie de l'inversion de l'instinct sexuel — voyons quelles ont été les manifestations particulières de cette volonté plus ou moins asservie au sentiment.

I. — *Période fétichique.*

Si haut que l'on remonte dans l'histoire, on trouve le vice contre nature. On peut l'affirmer — et d'ailleurs les récits des voyageurs modernes nous autorisent à l'établir par analogie — il a dû être très fréquent et très général à l'origine même des peuples, à l'enfance des sociétés, alors que la profonde nuit morale qui pesait sur l'homme lui cachait les notions élémentaires du bien et du mal ; il s'est rencontré dès le commencement, comme il se rencontre de nos jours chez les peuples les plus sauvages et dans les natures les plus incultes et les plus primitives. C'est ainsi qu'en Chine, un pays astrolatique par excellence, il a pris de nos jours un développement extraordinaire.

Aussi bien ne sommes-nous pas de ceux qui font éclore le vice, comme un fruit dans une serre, dans un coin de la terre, puis nous font assister au tableau de sa dispersion à travers le monde, à ses envahissements successifs. Nous croyons plutôt — nous avons légitimé par les considérations précédentes notre façon de penser — qu'il s'est montré sur de nombreux points à la fois.

Partout avec les mêmes croyances, les hommes sont arrivés à des résultats identiques ; ils n'eurent besoin d'aucun enseignement; la contamination ne fut pas nécessaire, la cause du mal résidant en eux-mêmes. C'est dans la Chaldée, dans cet antique berceau des sociétés humaines, qu'il faut chercher les premières traces de la prostitution et des vices contre nature. La Bible et Hérodote, nous on retracé le tableau de la dépravation qui régnait en Asie Mineure. Que l'Asie Mineure ait été avec Babylone un foyer intense de corruption, c'est probable ; mais que, comme le voudraient certains auteurs, ce fut le seul; celui qui, peu à peu, ait cédé ses vices à la Phénicie, à l'île de Chypre, à l'Egypte, à la Grèce et à l'Italie, nous nous refusons à le croire.

A peine le monde commence-t-il, dit la légende biblique, que le Seigneur, irrité de la perversion des hommes, est tenté de le détruire pour l'arrêter. Le déluge renouvela la face du monde, mais la corruption reparut et les hommes ne firent que la répandre en se dispersant.

Ce fut surtout chez le peuple élu et choisi de Dieu, chez le peuple Hébreu, originaire de la Chaldée, que le mal sévit avec intensité et fut énergiquement réprimé par la loi. Voici le tableau que la *Genèse* nous retrace des mœurs qui régnaient du temps même du patriarche Abraham : « Lorsque les deux anges, qui lui avaient annoncé que sa femme Sarah, âgée de six-vingts ans, lui donnerait un fils, allèrent à Sodome et s'arrêtèrent dans la maison de Loth pour y passer la nuit, les habitants de la ville, avant de se coucher, environnèrent la maison, voulant abuser d'eux, et appelant Loth : « Où sont ces hommes, lui dirent-ils, qui sont venus cette nuit chez toi? Fais-les sortir, afin que nous les connaissions. » Et Loth, sortant, leur dit : « Je vous prie, mes frères, ne leur faites point de mal ; voici, j'ai deux filles qui n'ont point encore connu d'homme : je vous les amènerai, et vous les traiterez comme il vous plaira, pourvu que vous ne fassiez point de mal à ces hommes, car ils sont venus à l'ombre de mon toit. » (*Genèse*. ch. xix, p. 24, etc.) Plus tard, le lévite d'Ephraïm faillit subir le même sort de la part des habitants de Guibha ; il ne leur échappa qu'en sacrifiant sa concubine.

Le culte de Baal ou de Baal-Phégor, qui se pratiquait dans les *lieux élevés*, contre lequel Moïse s'éleva avec tant de vigueur ainsi que tous les législateurs du peuple hébreu , n'était pas autre chose que la prostitution masculine mise sous la protection de la divinité. Les prêtres étaient de beaux jeunes hommes sans barbe, qui, le corps épilé, frotté d'huiles parfumées, se prostituaient au nom du dieu des Madianites. La *Vulgate* les nomme *effeminati (efféminés)* , le texte hébraïque *kedeschim (consacrés)*.

Les passages suivants montrent d'ailleurs que la prostitution cynædique était loin d'être inconnue chez les Hébreux :

« Posuerunt puerum in prostibulo et puellam vendiderunt pro vino ut biberent. » (*Joel.*, III, 3.)

« Ils placèrent le garçon dans une maison de prostitution ; ils vendirent la jeune fille pour du vin afin de boire. »

« Et enim ausus est sub ipsa arce gymnasium constituere et optimos quosque ephebos in lupanaribus ponere. » (*Machab.*, II, IV, 12.)

« Car il osa construire un gymnase sous la citadelle même, et placer dans des lupanars les adolescents les plus beaux. »

Ce fut en vain que le feu du ciel s'abattit sur Sodome, Gomorrhe et trois autres bourgades, les lois hébraïques édictées par Moïse, à leur tour durent intervenir pour flétrir le vice et punir de mort quiconque se livrait à des actes contre nature :

« Qui dormierit cum masculo coïtu femineo uterque operatus est nefas, morte moriantur : sit sanguis eorum super eos. » *Gen.*, xx, 13)

« Si un homme dort avec un mâle et s'unit à lui comme

avec une femme, l'un et l'autre commettent une infamie; qu'ils soient punis de mort, et que leur sang retombe sur eux. »

« Omnis anima, quœ fecerit de abominationibus his quippiam, peribit de medio populi sui. » (*Lev.*, XVIII, 22,29.)

« Quiconque aura commis quelque abomination de cette nature sera retranché du milieu du peuple. »

Les coupables étaient, de plus, menacés de maladies résultant de l'abus qu'ils faisaient d'eux-mêmes, telles que l'ulcère d'Egypte, les hémorrhoïdes, etc., témoin ce passage du *Deutéronome* :

« Percutiat te Dominus ulcere Ægypti, et partem corporis, per quam stercora egeruntur, scabie quoque et prurigine : ita ut curari nequeas. » (*Deut.*, XVII, 28.)

« Le Seigneur vous frappera de l'ulcère d'Egypte, et la partie de votre corps qui sert à l'évacuation de vos excréments sera affectée de gale et de démangeaisons incurables. »

Les hommes uniquement sont mis en cause par les livres saints : Moïse n'avait pas prévu l'excès analogue chez les femmes.

Les Hébreux n'avaient pas seuls le triste privilège du cynædisme.

La maladie étrange, signalée par Hérodote et Hippocrate, propre à ceux des Scythes qui pillèrent le temple d'Ascalon, maladie dans laquelle ils se revêtaient d'habits de femmes et se livraient à tous les ouvrages du sexe féminin, paraît avoir été une monomanie ayant l'amour antinaturel pour point de départ (Michéa), une anomalie produite par l'équitation prolongée et la masturbation (A. Hammond), une folie séminale à couleur locale, causée par l'équitation et le climat (Marandon de Montyel). Hippocrate in-

criminait aussi l'équitation, qui troublait la circulation dans les veines auriculaires et, par suite, dans
les organes sexuels avec lesquels ces veines étaient
alors supposées en connexion intime. Hérodote
assure que la maladie des Scythes se transmettait des
pères aux enfants.

La philopædie existait aussi chez les Celtes, suivant Aristote; chez les Germains, d'après Sextus
l'Empirique et Eusèbe.

Les premiers Gaulois, de même que les peuples
Osques de l'Italie s'abandonnaient souvent, à la suite
des festins, aux désordres contre nature, d'après
Diodore de Sicile et Ausone. Michelet nous les montre « dissolus par légéreté, se roulant à l'aveugle, au
hasard, dans des plaisirs infâmes. »

En somme, si on se demande quelles sont les causes
de telles aberrations chez ces peuples primitifs, on
les trouve autant dans leur état de simple nature que
dans leurs croyances et leur cultes monstrueux ; la
prostitution masculine n'est souvent qu'une forme de
prostitution sacrée.

II. — *Polythéisme*.

Cette période comprend les sociétés grecques et
romaines.

Un caractère qui différencie cette époque de la période précédente, c'est que, sacrifiant aux dieux,
les hommes ont fait à leur égard de l'anthropomor-
phisme à outrance, et les ont gratifiés de leurs qualités, mais aussi de leurs vices, et en particulier de la

pédérastie : témoins Ganymède et Jupiter ; leurs demi-dieux et leurs héros n'y ont pas échappé : par exemple, Achille et Patrocle.

Le vice revêt, surtout chez les Grecs, un aspect poétique, artistique, remarquable. Admirateurs passionnés de la beauté physique, ils la comprenaient sous toutes ses formes, admettaient même la beauté hermaphrodite. Mais, avec la civilisation, le mal grandit, se perfectionna, s'affina pour ainsi dire, si bien qu'à l'amour antiphysique des hommes entre eux s'ajouta, comme conséquence logique, l'amour non moins antinaturel des femmes entre elles ; la philopœdie enfanta le lesbianisme.

En *Grèce*, le vice prit rapidement un développement excessif. Solon ne fonda ses *dictérions*, c'est-à-dire n'organisa et ne réglementa la prostitution légale à Athènes, que pour fournir une distraction aux goûts dissolus des Athéniens. Tous les jours, à Athènes et à Corinthe, les marchands d'esclaves amenaient de jeunes beaux garçons ; l'habitude fit passer le mal dans les mœurs, l'honnêteté publique ne s'en indignait pas, la loi le tolérait.

Les écoles de philosophes se changèrent en maisons de débauche, certains d'entre eux ne craignant pas de l'enseigner ouvertement.

Les gymnases, suivant Plutarque, furent aussi une des causes de l'amour grec.

Athénée rapporte, d'après Hiéronyme le péripatéticien, qu'il était très répandu chez les jeunes gens qui se liguaient contre les tyrans, exemples : Annodius et Aristogiton à Athènes, Cariton et Mélanipe à

Agrigente, le bataillon sacré à Thèbes. Plus d'un de ces grands exemples d'amitiés légués par le paganisme n'avaient d'autre raison que l'amour contre nature.

Les personnages les plus illustres de l'antiquité s'y adonnèrent ; on compte Epaminondas, Alcibiades (Alcibiades ineunti adolescentia, amatus est a multis, more Græcorum, — Cornelius Nepos). Socrate, Démosthène, Sophocle, Zénon, Aristote, Alexandre, le roi Antigonus, s'il faut en croire Athénée ; Archélaüs I⁻ᵉ, douzième roi de Macédoine, Alexandre, tyran de Phères, Périandre, tyran d'Ambracie, suivant Plutarque.

Le serment d'Hippocrate est une preuve de l'existence et de l'étendue du mal :

« Dans quelque maison que j'entre, ce sera pour l'utilité des malades, me préservant de tout méfait volontaire et corrupteur, et surtout de la séduction des femmes et des garçons libres ou esclaves. » (Hipp. *serment*, trad. de Littré, t. IV, p. 631.)

Nous l'avons dit, à côté de l'*amour grec*, c'est-à-dire l'amour des hommes entre eux, se montra chez les femmes la perversion identique, l'amour des femmes entre elles.

La femme, en Grèce, était considérée comme l'esclave de l'homme, d'une autre essence, inférieure à lui ; on la croyait incapable de comprendre l'idéal d'un attachement profond. L'homme, de par ses croyances philosophiques, méprisant la femme et la tenant dans l'éloignement, la femme se tourna vers elle-même et les deux sexes en arrivèrent à l'indifférence. L'amour grec conduisit à l'*amour lesbien*, au *lesbius amor*.

Sapho, poète et philosophe, la première, inaugura dit-on, chanta dans ses vers ce nouveau culte à Vénus et le répandit parmi les jeunes filles, à Lesbos : « Aiunt turpitudinem quæ per os agit, fellationis opinor, vel irrumationis, primum à Lesbiis authoribus fuisse profectam » (Erasme, cité par Bayle, **art.** *Lesbos*). C'est en vain qu'on a cherché à la réhabiliter : l'ode fameuse que Longin nous a conservée et que Boileau a su traduire la condamne sans retour. Elle aimait, dit-on, Charax son frère, d'un amour incestueux ; sa défaite et le triomphe d'une courtisane égyptienne, Rhodopis, la conduisirent à légitimer ce nouveau vice et à en faire le résultat d'un système philosophique. Ce fut cependant, d'après la légende, le dédain d'un jeune homme nommé Phaon qui la tua. Malheureusement sa doctrine ne disparut pas avec elle. Elle enseignait que chaque sexe doit se concentrer sur lui-même et s'éteindre dans un embrassement stérile ; l'amour normal est une honte et une faiblesse. Elle fit école. Rien n'était plus fréquent que ce *contre-amour* chez les courtisanes grecques , chez les prostituées légales ou *dictériades* et surtout chez les prostituées libres ou *aulétrides*, joueuses de flûte dans les festins. Pas de réprobation éclatante de l'opinion publique, pas de châtiment des lois, pas d'anathème de la religion à craindre.

Lucien, dans ses *Dialogues des Courtisanes* nous a laissé une peinture aussi vivante qu'audacieuse **de** ces mœurs, par le dialogue de *Cléonarium* et de *Leœna*, celle-ci racontant la liaison de Mégilla et Démonasse, par celui où l'aulétride Charmide se plaint de l'abandon de *Philematium*.

Les *Lettres d'Alciphron*, et entre autres la fameuse lettre de l'aulétride Mégare à l'hétaïre Bacchis, traduite par Publicola Chaussard, nous donnent des détails minutieux sur les soupers de ces tribades, festins dits *callipyges*, où sous l'invocation de *Vénus Péribasia*, elles luttaient de beauté et de débauche.

Les concours de beauté étaient d'ailleurs fort en honneur chez les Grecs ; s'il y en avait pour les femmes à Lesbos et à Ténèdes, il y en avait aussi pour les hommes chez les Eléens, et M. de Paw, dans ses *Recherches philosophiques* prétend que l'amour des Grecs entre eux tenait à leur beauté qui, en Grèce et surtout à Athènes, était plutôt le partage des jeunes hommes que des jeunes femmes.

Cœlius Aurelianus affirme que dans son livre sur la nature, Parménide croyait l'amour grec héréditaire.

Quoi qu'il en soit, voici en quels termes saint Paul résume et condamne cette époque :

« Propter ea tradidit illos Deus in passiones ignominiæ. Nam feminæ eorum immutaverunt naturalem usum, in eum qui est contra naturam.

« Similiter autem et masculi, relicto naturali usu feminæ, exarcuerunt in desideriis suis invicem, masculi in masculos turpitudinem operantes, et mercedem, quam oportuit, erroris sui in semetipsis recipientes. » (Paul, *Ad Rom.*, I, 26, 27).

« C'est pourquoi Dieu les a livrés aux passions de l'igno-

minie ; car les femmes parmi eux ont changé l'usage naturel
en un autre qui est contre nature.

« De même aussi les hommes, ayant délaissé l'usage de la
femme, se sont embrasés de désirs mutuels, les mâles com-
mettant l'infamie entre eux, et recevant en eux-mêmes la ré-
compense due à leur égarement.»

Ce qui contribuait à entretenir cet éloignement
des deux sexes, ce qui explique ces mœurs dans les
classes supérieures et lettrées surtout, c'étaient les
croyances religieuses et les doctrines philosophiques
qui faisaient le fondement de la morale des Grecs
et plus tard des Romains ; car, non seulement, ils
croyaient, avec Aristote, que la femme était en
quelque sorte une irrégularité dans la nature, mais
aussi ils partageaient l'opinion de Zénon (362 avant
J. C.) enseignant que l'amour est un dieu libre
qui n'a d'autres fonctions à remplir que l'union
et la concorde (Athénée, *Banquet des scavans*, 1789,
t. II, l. XII, p. 22). Si les dieux ont donné à l'homme
l'amour physique, c'est simplement en vue du plaisir ; l'amour n'est pas un moyen, c'est un but, une
fin ; le mariage ne doit être conseillé qu'en vue
d'empêcher l'extinction de l'espèce humaine. On le
voit, la théorie explique, mais n'absout pas les mœurs
de l'antiquité grecque. Il faut ajouter à cela une
soi-disant passion de l'idéal, le culte de la beauté
chez un peuple dont le sens artistique était très
développé.

La corruption gagna bientôt l'Italie ; le monde
asiatique et le monde grec, vaincus, on l'a dit très
justement, se vengèrent du peuple romain vain-

queur et conquérant, en lui cédant leurs vices. Les passions contre nature, que les Faunes du Latium auraient inventées, si elles n'eussent existé dès le commencement du monde, prirent en peu de temps une grande extension ; elles ne furent jamais plus générales qu'aux meilleurs moments de la civilisation romaine.

Les poètes, les historiens latins ont accumulé les preuves. Virgile, Horace, Ovide, Tibulle, Cicéron, Catulle, Martial, Juvénal, Tite-Live, Tacite, Suétone, Térence, Plaute, Properce, Pétrone, tour à tour exaltèrent, chantèrent, décrivirent, stigmatisèrent le vice. Virgile chante, Tite-Live décrit, Juvénal flagelle et Plaute ricane.

Les passages abondent.

« Formosum pastor Corydon ardebat Alexim,
Delicias domini, nec quid speraret habebat.»
(Virg. Egl. II.)

« Tument tibi quum inguina, num, si
Ancilla aut verna est præsto puer impetus in quem
Continuo fiat, malis tintigine rumpi ?
Non ego ; namque parabilem amo Venerem facilemque. »
(Hor., *Sat.*, 1, 2, 116).

« Intrasti quoties inscriptæ limina cellæ
Seu puer arrisit, sive puella tibi. »
(Mart. XI, 46.)

« Tanquam parva foret sexus injuria nostri,
Fœdandos populo prostituisse mares
Jam cunæ lenonis erant, ut ab ubere raptus
Sordida vagitu posceret æra puer
Immatura dabant infandas corpora pænas. »
(Mart. IX, 9.)

« Notum est, cur solo tabulas impleverit Hister
Liberto, dederit vivus cur multa puellæ.
Dives erit. magno quæ dormit tertia lecto.»

(Juv., II, 58.)

« On sait pourquoi Hister légua tous ses biens à son affranchi, pourquoi le même Hister fit tant de donations à sa femme
restée vierge. Elle sera riche la femme qui laisse entrer un
tiers dans le lit conjugal. »

« . . . . .illud
Nonne putas melius, quod tecum pusio dormit,
Pusio, qui noctu non litigat, exigit a te
Nulla jacens illic munuscula nec queritur quod
Et lateri parcas, nec, quantum jussit, anheles? »

(Juv. VI, 34.)

En lisant ces auteurs latins on en arrive à voir, qu'à
Rome la prostitution masculine était aussi fréquente,
aussi générale et aussi ardente que la prostitution
féminine.

Les *pœdicones* ou pédérastes étaient très nombreux, dans toutes les classes. Leurs victimes étaient
des enfants d'esclaves, ou des esclaves, des affranchis, des étrangers.

Ces prostitués mâles avaient un grand nombre de
dénominations :

Pœdico, pœdicator. — *Pédérastes.*

« Bithynia quidquid et pœdicator Cœsaris
Unquam habuit. . . . . .»

(Licin. Calv., in *Suet.* J. Cæsar, 49.)

« Tout ce que posséda jamais la Bithynie et l'heureux
amant de César.»

(Nicoméde, voy. p. 42.)

« Pœdicabo vos inrumabo
Aureli pathice et cinæde Furi. »

(Cat., XVI.)

Meritorii pueri. — Enfants de louage

« Pueri ingenui cum meritoriis versabantur.»

(Cic., ***Phil.***, II, 14.)

Cinœdi. — Cinédes.

« Et habet tristis quoque turba cinœdos.»

(Mart., VII, 58, 9.)

« Même dans l'assemblée la plus austère, il y a des cinèdes. »

On les nommait encore *pathici* (patients), *ephebi* (adolescents), *jemelli* (jumeaux), *catamiti* (chattemites), *amasii* (amants), spado, frater, pusio, concubinus, fellatores, etc.

Ils avaient une tenue spéciale, qui les faisait facilement reconnaître ; ils étaient sans barbe et sans poils, la peau frottée d'huiles parfumées, avec des cheveux longs, soigneusement bouclés, l'air effronté, le regard oblique, le geste lascif et provocateur, la démarche composée. Ils portaient des vêtements de couleur voyante, surtout de couleur verte, d'où leur nom de *galbanati*.

Un grand nombre de ces malheureux étaient dès leur jeune âge destinés à la prostitution par les mutilations qu'on leur faisait subir. On changeait ainsi leur sexe. Il y avait trois sortes d'eunuques : les *castrati* qui n'avaient rien gardé de leur sexe ; les *spadones*, qui n'en avaient que le signe impuissant ; les *thlibiœ* ou *thadiai* dont les testicules étaient atrophiés par le bistournage. Ce fut Domitien qui, par une loi eut l'honneur d'interdire ces mutilations et cette prostitution ; ce fut Martial qui l'en félicita.

Ces gitons, ces *hommes publics* se reconnaissaient entre eux, dans la rue, à l'aide de signes obscènes, au moyen du *signum infame*, qui consistait dans l'érection du *doigt du milieu* ce qui lui valut l'épithète de *doigt infâme.*

« Nec unquam verbis pepercit infamiam, quum digitis infamiam ostentaret. » (Lampridius, *Vie d'Héliogabale.*)

Ils habitaient une rue spéciale, la rue des Toscans, *viscus tuscus :*

« In tusco visco, ibi sunt homines qui ipsi sese venditant.
(Plaute, *Curcul,* 490.)

« Les hommes qui font métier de leur corps habitent la rue des Toscans. »

Comme de nos jours, cette prostitution avait deux formes :

L'une active ;

« Si pascitur inguine venter. »
(Juv. IX, 136.)

« . . . . .Numera : sestertia quinque
Omnibus in rebus. Numerentur deinde labores :
An facile et pronum est agere intra viscera penem
Legitimum, atque illic hæsternæ occurere cœnæ. »
(Juv. IX, 41.)

« Infelix venter spectat convivia culi.
Et semper miser hic esurit, ille vorat. »
(Mart., 2, 51.)

L'autre passive :

« . . . . . . Nunquam pathicus tibi deerit amicus.
Stantibus et salvis his collibus. »
(Juv., IX, 130).
(Voyez aussi Juv., II, 9, 21 ; VI, 34).

« Quum patiens esse nolet, tamen agens foret. »
(Pétron., *Satyric.*, 8.)

A côté des prostitués libres, il y avait les nombreux esclaves que leur maître entretenait dans sa maison :

« Quem tanquam puellam conduxit etiam qui virum putavit. »

(Pétron., *Satyric.*, 81.)

« Sachant bien que c'était un garçon, il l'acheta comme fille. »

« Ad delicias femina ipse mei domini annos quatuordecim fui; nec turpe est, quod dominus jubet. »

(Pétron., *Satyric*, 75.)

« Délices de mon maître, je lui ai servi de femme pendant quatorze ans; rien n'est honteux de ce qu'un maître exige. »

Les familles patriciennes avaient coutume de donner à leurs fils, à partir du jour de leur puberté, un jeune esclave qui partageait leur lit et qui était destiné à satisfaire leur premiers élans voluptueux. (Voy. *Epithalame de Julie et de Mallius* de Catulle.)

Les jeunes esclaves qui avaient cette destination, portaient des cheveux flottants.

« *Pueri capillati.* » (Petron., *Satyric.*, 27.)

« Infants chevelus. »

« Quum adhuc capillatus essem, nam a puere vitam chiam gessi.

(Pétron., *Satyric.*, 63.)

« Lorsque j'étais encore chevelu, car dès mon enfance j'ai mené une vie voluptueuse. »

Apulée appelle cet esclave : *internuculus.*

Aussi, le jour de son mariage, le jeune romain, voulant indiquer par là qu'il serait fidèle à son épouse, faisait couper les cheveux à tous ses esclaves.

La loi romaine, en effet, ne permettait cette prostitution que chez les esclaves, les affranchis, les étrangers. Les hommes libres, *ingénui*, ne pouvaient s'y soumettre ; les premiers se vendaient à leur gré, les seconds achetaient. La loi n'intervenait qu'entre hommes libres. Un attentat fait à la liberté d'un citoyen, un outrage fait au caractère et à la personne d'un ingénu était puni de mort. Lætorius Mugus, tribun militaire, fut puni, ayant été surpris avec un des *corniculaires* ou brigadiers de sa légion. Ce ne fut que vers la seconde guerre punique, qu'une loi contre les pédérastes fut promulguée par le Sénat, à propos d'un certain Caïus Scantinius, accusé d'attentat sur le fils du patricien C. Metellus. Ce fut la loi *Scantinia* ou *Scatinia*. Mais elle ne visait que les attentats sur un homme libre.

« Quosdam ex utroque ordine lege scatiniæcondemnavit. »

(Suet., *Domit.*, 8.)

« Il condamna selon la loi Scatinia quelques personnages des deux ordres. »

« . . . . . Semivir ipse
Scantiniam metuens. »

(Auson., Epig., 89.)

« Il n'est homme qu'à demi et craint la loi Scantinia. »

Mais si la loi des hommes était incomplète, la nature, par les maladies qui résultaient de ces rapports contre nature, se chargeait de la compléter et de venger la morale outragée. Bien que les auteurs anciens aient, en quelque sorte, cherché à cacher ces affections honteuses, quelques passages de Celse, de Juvénal, de Martial et d'Ausone, nous permettent de croire qu'elles étaient fréquentes dans la société romaine. Ils nous décrivent les hémorrhoïdes, les fissures, les *fics*, les *marisques*, les *chies*, les *clazomè-nes*, la chute du rectum, toutes affections comprises dans le terme générique de *morbus indecens.*

« Podice levi caduntur humidæ, medico ridente, mariscæ.
(Juv. Sat.)

« De ton podex épilé, le médecin détache, en riant, des tubercules chancreux. »

Martial est allé plus loin : il en fait le sujet d'une de ses épigrammes, intitulée *De familia ficosa.*

Si, à Rome, le vice était commun entre hommes, les femmes n'étaient pas en reste de débauches entre elles : l'*amour lesbien*, y comptait de nombreuses initiées. Tite-Live, Juvénal dans des pages étincelantes, Ovide, Martial, nous ont retracé le tableau de ces débauches féminines dans les Saturnales, dans les fêtes de la *Bonne Déesse*, célébrées en secret par les femmes, dans les bains publics, dans les *comessationes* ou festins de nuit.

« Nec vaccam vaccæ nec æquas amor urit equarum.
Urit oves aries, sequitur sua femina cervum.
Sic et aves coeunt ; interque animalia cuncta.
Femina femineo correpta cupidine nulla est. »
(Ovide, *Métam.*, IX, 730.)

« La génisse ne s'enamoure pas de la génisse, ni la jument de la jument. Le bélier, le cerf sont épris de leurs femelles, et c'est ainsi que les oiseaux s'accouplent ; parmi les êtres animés, aucune femelle n'est saisie d'amour pour la femelle. »

Cœlius, Martial, les appellent *tribades* ; Plaute, subigatrices ; Arnobus, frictrices.

« Inque vices equitant, ac luna teste moventur. »
(Juv., VI, 512.)

Martial surtout y revient aveo une insistance particulière ; son épigramme sur Philenis, sorte de virago est restée fameuse :

« Sed plane medias vorat puellas. »

(Mart., VII, 67.)

« Ipsarum tribadum tribas, Phileni,
Recte quam futuis, vocas amicam. »

(Mart., VII, 70.)

« Inter se geminos audes committere cunnos
Mentiturque virum prodigiosa Venus
Commenta es dignum Thæbano enigmate monstrum
Hic ubi vir non est, ut sit adulterim. »

(Mart., I, 91.)

« Joindre ensemble, oses-tu, deux femmes sein à sein
Où Vénus ambigue, un homme représente ;
Un monstre formé as de l'énigme thébain
Digne, où masle n'estant, d'adultère on attente. »

(Trad. par Jacques Duval, *Traité des Hermaphrodites*, 1612.)

Après la description des mœurs, passons aux cas particuliers, individuels. Ils abondent. Ceux-là même qui flétrirent le vice n'en furent pas exempts, témoin Horace, dont le dernier amour fut pour le beau Ligurinus, témoin Martial, qui, pour s'excuser auprès de son épouse, Clodia Marcella, osa lui adresser ces vers :

« Pœdicare negas : dabat hoc Cornelia Graccho ;
Julia Pompeïo ; Porcia, Brute, tibi !
Dulcia Dardanio nondum miscente ministro
Pocula, Juno fuit pro Ganymede Jovi. »

(Mart., *In Uxor.*, XI, 82.)

Les exemples les plus remarquables sont ceux que les historiens, et en particulier Suétone, nous rapportent des empereurs romains. Maîtres absolus des hommes et des choses, mais esclaves de leurs passions, ils épuisèrent le vice et se prostituèrent publiquement à des eunuques, à des affranchis, à des esclaves.

Jules César — un épileptique — ouvre la série.

« Pudicitiæ ejus famam nihil quidem præter Nicomedis contubernium læsit, gravi tamen et perenni opprobrio, et ad omnium convitia exposito... Prætereo actiones Dolabellæ et Curionis patris : in quibus eum Dolabella pellicem reginæ spondam interiorem regiæ lectice; ac Curio, stabulum Nicomedis, et Bithycum fornicem dicunt... Gallico denique triumpho milites ejus, inter cætera carmina qualia currum prosequentes joculariter canunt, etiam vulgatissimum illud pronuntiaverunt :

« Gallias Cæsar subegit, Nicomedes Cæsarem,
Ecce Cæsar nunc triumphat qui subegit Gallias
Nicomedes non triumphat, qui subegit Cæsarem. »
(Suet., *J. Cæs.*, 49.)

.« Rien ne flétrit jamais ses mœurs, si ce n'est sa cohabitation avec Nicomède, tache odieuse et ineffaçable, objet des sarcasmes universels... Je passe les réquisitoires de Dolabella et de Curion le père, où Dolabella l'appelait la rivale de la reine, la garniture de ruelle de la litière du roi, et Curion le boudoir secret de Nicomède, la garce de Bithynie... Enfin, à son triomphe des Gaules, ses soldats, entre autres plaisanteries dont ils avaient coutume d'accompagner la marche du vainqueur, le poursuivaient de ces vers si connus :

« César a soumis les Gaules, Nicomède a soumis César...
Voilà César qui triomphe pour avoir soumis les Gaules.
Nicomède ne triomphe pas lui qui a soumis César. »

Curion le père, l'a jugé et flétri d'un mot :

« Omnium virorum mulierem et omnium mulierum virum. »
« La femme de tous les maris et le mari de toutes les femmes. »

Auguste fut accusé par Marc-Antoine d'avoir acheté au prix de son déshoneur l'adoption de César son oncle : « *adoptionem avunculi stupro meritum.* »

Tibère récompensa par des fonctions publiques ceux qui eurent pour lui les dernières complaisances, Pomponius Flaccus, S. Pison, Vitellius ; il prenait les enfants, dans l'âge le plus tendre, pour les faire servir à ses plaisirs à Caprée.

Caligula étala ses amours infàmes avec M. Lépidus, le pantomime Mnester et quelques jeunes étrangers reçus en otage, avec lesquels il eut des rapports réciproques (*commercio mutui stupri*). Il abusa brutalement de V. Catullus, jeune homme de famille consulaire.

Néron épousa solennellement Sporus après avoir essayé de changer son sexe en le mutilant (*ex sectis testibus etiam in muliebrem transfigurare conatus*), puis son affranchi Doryphore, enfin un pantomime et un eunuque, le premier comme homme, le second comme femme.

Galba fut aussi atteint du vice contre nature. Othon, qui lui succéda au trône, lui ressembla dans ses goûts.

Vitellius, après avoir servi aux plaisirs de Tibère à Caprée, eut un commerce honteux avec son affranchi Asiaticus.

Titus, dans sa jeunesse, s'entourait d'un troupeau

d'eunuques ou de gitons (*exoletorum et spadonum greges*).

Nerva, Trajan, Adrien, qui aima éperdument un jeune homme de Bithynie nommé Antinoüs, imitèrent leurs prédécesseurs.

Commode, à la cruauté, joignait les vices les plus honteux ; il eut un affranchi pour amant, Anterus, et aussi dans son palais trois cents concubines et trois cents cinèdes.

Héliogabale surpassa ses prédécesseurs. « Il s'habille en femme, prend le nom d'impératrice, confère les dignités de l'Etat à ses nombreux amants, recrutés du cirque, de l'armée, de la marine, etc. (Moreau de Tours, *Psychol. morb.*). Les soldats qui en délivrèrent Rome, après l'avoir tué, l'empalèrent lui et ses complices, afin, disaient-ils, que leur mort ressemblât à leur vie (*ut mors esset vitæ consentiens.*)

En reprenant un à un chacun de ces empereurs et en les examinant à un autre point de vue, on trouve un épileptique, César ; des hommes cruels et sanguinaires à l'excès, comme Tibère et Commode ; d'autres bizarres, mystiques, superstitieux ou faibles d'esprit, comme Claude et Galba ; des gloutons et des alcooliques, comme Vitellius ; des fous furieux, comme Caligula ; et à côté de tous ces types excessifs, un homme de goût, Octave ; un génie, César. La violence, l'emportement sont, en effet, le trait caractéristique des mœurs des Romains et les distinguent des Grecs. Mêmes idées en morale, mêmes appréciations des faits chez les deux peuples, mais ce qui est

retenue, décence, relevé par une soi-disant passion
de l'idéal chez les Grecs, n'est, chez les Romains,
que grossièreté et brutalité. Les causes de la dépravation publique diffèrent, d'ailleurs ; chez les Grecs,
il faut incriminer les idées philosophiques régnantes ;
chez les Romains, toujours ces mêmes idées en
morale, mais aussi l'excès de puissance, l'excès de
richesse, l'invasion de tout un peuple d'étrangers
passés maîtres en fait de corruption et surtout l'autorité absolue du maître sur l'esclave.

Ainsi, avant Jésus-Christ, seul entre tous les
législateurs de l'antiquité, Moïse frappe de réprobation le crime contre nature autant au nom du Seigneur
qu'au nom de l'hygiène ; la loi grecque le tolère ; la
loi romaine, incomplète, ne le défend qu'entre
hommes libres.

III. — *Monothéisme.*

C'est sur la fin de l'empire romain, qu'entre en
scène ce grand principe qui, depuis lors, domine le
monde ; avec lui s'ouvre une ère nouvelle, l'ère chrétienne.

L'effort de la nouvelle religion, comme nous l'a-
vons fait remarquer plus haut, porta principalement
sur les mœurs. Elle battit en brèche les doctrines des
anciennes philosophies et enseigna que l'amour physique est un moyen et non un but.

Saint Paul, apôtre infatigable, flétrit énergiquement, dès sa première épître aux Romains, ce qu'il
appelle les *passions de l'ignominie (passiones igno-*

miniœ). La portée de la révolution fut considérable.
Mais au sein même de la nouvelle religion, des nova-
teurs mystiques, des illuminés, établirent des schis-
mes. Des sectes se formèrent, qui enseignèrent l'amour
antiphysique; telles que celles des *nicolaïtes*, des *caï-
nistes ;* une femme même, Quintilla, prêcha le caïnisme à l'usage des femmes. Les derniers empereurs
romains réprimèrent énergiquement ces désordres,
et les fils de Constantin, achevant au nom de la religion chrétienne ce qu'Alexandre Sévère avait tenté
au nom de la plus saine philosophie, remirent en vigueur l'ancienne loi *Scatinia*, rétablissant ainsi la
peine de mort pour le péché contre nature. *(Code
Just*. Lib. IX, tit. 9, ad leg. Jul. *De Adult.)* C'est au
moment même où la réforme des mœurs commençait
à s'opérer que le monde romain fut envahi par les
Barbares : la civilisation antique disparut, laissant le
champ libre au Christianisme.

Nous allons maintenant ne nous occuper que de ce
qui se passe en France.

Nous avons vu plus haut quelles étaient les mœurs
des Gaulois ; rien à signaler sous les rois Mérovin-
giens.

Charlemagne, en 805, publia un *Capitulaire* inter-
disant, sous peine de sacrilège, de commettre le
crime de sodomie.

Ce fut vers l'an 1000, à cause de la démoralisation
générale amenée par cette date, que s'accentua le re-
lâchement des mœurs : les écrivains du temps sont
unanimes sur ce point.

La sodomie fut alors le vice le plus répandu dans

toutes les classes de la population, chez les princes comme chez les serfs, chez les évêques comme chez les moines. L'abbé de Clairvaux, Henri, écrivait au pape Alexandre III, en 1177 : « L'antique Sodome renaît de ses cendres! » (Voy. l'*Hist. de Paris*, par Dulaure, édit. de 1837, t. II, p. 40.) Ordéric Vital signalait ce vice :

« Tunc effeminati passim in orbe dominabantur, indisciplinate debaccabantur, sodomiticisque spurcitiis fædi catamitæ flammis urendi, turpiter abutebantur. » — « Alors les efféminés dominaient dans tout le pays et se livraient sans frein à leur sales débauches; les chattemites, dignes des flammes du bûcher, abusaient impudemment des horribles inventions de Sodome. (*Hist. eccl.*, l. VIII.)

C'est à l'établissement des races normandes dans les provinces gallo-franques que l'on doit en attribuer l'apparition en France ; il fut ensuite ravivé par les croisades, et le séjour des Français en Palestine. Les anciens *Pénitentiels* sont une preuve de l'étendue du mal ; ils dévoilent sans retour les erreurs antiphysiques des hommes, des religieuses même, témoin ce passage du *Pénitentiel d'Angers* : « *Mulier cum altera fornicans, tres annos. — Sanctiomonnialis femina cum sanctiomonniali, per machinatum polluta, annos septem* », et cet autre du *Pénitentiel de Fleury* : « *Mulier qualicumque molimine aut per ipsam aut cum altera fornicans.* »

La condamnation des Templiers par Philippe-le-Bel et Boniface VIII ne fut qu'une terrible mesure de justice envers le vice contre nature que les chevaliers avaient rapporté de l'Asie Mineure. « Quelque opinion qu'on adopte sur la règle des Templiers et l'innocence primitive de l'ordre, dit Michelet, il n'est pas difficile d'arrêter un jugement sur les désordres de son dernier âge, désordres analogues à ceux des ordres religieux. » Les dépositions des Templiers Huguet de Paris, Mathieu de Tilley, Jean de Saint-Just, Rodolphe de Taverne, Gérard de Causse, ne laissent aucun doute. L'ordre du Temple, anathématisé, fut aboli, ses membres suppliciés ou dispersés. — Aux quatorzième, quinzième et seizième siècles, se développa, avec une intensité inouïe, une sorte de folie génésique générale. La démonomanie, la sorcellerie, la croyance aux incubes et aux succubes, aux maléfices et vilainies du diable remplissent cette époque; s'accompagnant d'un priapisme universel. La loi qui prétend que l'ascétisme et le mysticisme religieux ne vont pas sans toutes espèces de désordres sexuels trouva une confirmation éclatante. Les passions contre nature ne pouvaient moins faire que d'apparaître ; elles se manifestèrent par un fait monstrueux, « si bien que cet âge de fer, dit H. Martin, qui semblait ne pouvoir s'étonner de rien en fait de mal, avait été frappé de stupeur ». Nous voulons parler du cas du maréchal de France Gilles de Rays. Il faut entrer dans des détails ; le fait en vaut la peine et prend l'importance d'une véritable observation.

Le très haut et très puissant seigneur Gilles de Laval, sire de Rays et autres lieux, conseiller du roi, notre sire, et maréchal de France, vaillant homme de guerre, compagnon d'armes de Jeanne d'Arc, avec

laquelle il prit part à la délivrance d'Orléans, de
retour de ses campagnes, dans son château de
Mâchecoul, en Bretagne, sacrifia plus de huit cents
enfants à ses appétits contre nature. Chez lui, la
volupté du meurtre s'associait à l'aberration sexuelle.
Traduit devant la haute Cour de Bretagne,
présidée par Pierre de l'Hospital, il se défendit dans
son procès avec la dernière énergie, et ne se décida à
entrer dans la voie des aveux que lorsque ceux de
ses complices principaux ne lui permirent plus de se
défendre utilement. Il écrivit alors au roi de France,
Charles VII, une lettre où il raconte son histoire :
« Je ne sais, dit-il, mais j'ai de moi-même et de ma
propre teste, sans conseil d'autrui, pris ces imaginations d'agir ainsi, seulement par plaisance et déclara-
tion de luxure ; de fait, j'y trouvais incomparable
jouissance, sans doute par l'instigation du diable. Il
y a huit ans que cette idée diabolique me vint.

« ..... Or, estant d'aventure en la librairie du dict
château, je trouvai un livre latin de la vie et des
mœurs des Césars de Rome, par un savant historien
qui a nom Suétonius. Le dict livre était orné d'images
fort bien peintes, auxquelles se voyaient les déporte-
ments de ces empereurs païens, et je lus en cette
belle histoire comment Tibérius, Caracalla et autres
Césars s'esbattaient avec des enfants et prenaient
plaisir à les martyriser. Sur quoi je voulus imiter les
dicts Césars, et, le mesme soir, je commençais à le
faire en suivant les images de la leçon et du livre. »
Henriet et Pontou, qu'il avait « dressés à ce jeu, »
étaient ses pourvoyeurs. Il avoua avoir abusé des

enfants « pour son ardeur et délectation de luxure, et les avoir fait tuer par ses gens, soit en leur coupant la gorge avec dagues et couteaux, en séparant la teste de leur corps, ou leur rompant les testes à coups de baston, ou autres choses ; et aucune fois leur enlevoit ou leur faisoit enlever des membres, les fendoit pour en avoir les entrailles, les faisoit attacher à un croc de fer, pour les estrangler et les faire languir ; comme ils languissoient à mourir, avoit habitation d'eux, et aucune fois, après qu'ils estoient morts en les baisant, et prenoit plaisir et délectation à voir les plus belles testes des dicts enfants, lesquels, en après, estoient ars. » Il continue plus loin : « Quant à ceux occis à ....., on les brusloit en ma chambre, hormis quelques belles testes que je gardois comme reliques. Or, je ne saurois dire au juste combien furent ainsi tués et ars, sinon qu'ils furent bien un nombre de six-vingt par an... » Il ajoute, en s'adressant au roi : « Souventes fois, je me lamente et reproche d'avoir laissé vostre service, mon très-vénéré sire, il y a six ans, car, en y persévérant, je n'eusse point tant forfait ; mais je dois néanmoins confesser que je fus induit à me retirer en mes terres de Rays, par certaine furieuse passion et convoitise que je sentois envers votre propre dauphin, tellement que je faillis un jour l'occire comme j'ai depuis occis nombre de petits enfants par secrète tentation du diable. Donc, je vous en conjure, très redouté sire, de ne pas abandonner en ce péril votre très humble chambellan et maréchal de France, lequel ne veut avoir la vie sauve que pour faire une belle expiation de ses méfaîts, selon la règle des Carmes. »

Ce malheureux avait donc des sortes d'impulsions irrésistibles. Sa prière ne fut pas écoutée ; condamné, il fut brûlé à Nantes, en 1440.

Les désordres antinaturels se fortifièrent encore par la démonomanie et par l'hérésie.

Les écrits des théologiens, des philosophes, des démonologues de cette époque sont remplis d'observations circonstanciées des incubes et des succubes froids ou chauds, se livrant à la sodomie, œuvres d'imaginations en délire, merveilleusement préparées à la débauche par la vie ascétique et le mysticisme.

La sodomie était une des prérogatives du diable au sabbat ; Bayle, pour exprimer ces énormités inventées par l'imagination effrénée des démonomanes, dut créer un mot le péché *sur-contre-nature*, c'est-à-dire l'emploi alternatif ou simultané que le diable hermaphrodite faisait ordinairement au sabbat de l'un et de l'autre sexe, sur les sorciers et les sorcières.

L'hérésie, de son côté, fit de nombreuses apparitions en Europe, à partir du xiie siècle : c'étaient des réminiscences du *manichéisme* ou du *caïnisme*, proclamant toutes sortes de désordres sexuels et surtout le péché contre nature. Une des principales sectes fut celle des *Bulgares*, qui pénétrèrent et se répandirent en Europe à la fin du xiie siècle. Ils enseignaient que les rapports entre les deux sexes étaient un sacrilège et les frappaient d'anathème. De Bulgares on fit *bougares* et *bouguères*, et bientôt par corruption on en fit *bougres*, synonyme de pédéraste. Ces hérétiques essayèrent de se mêler aux Vaudois et aux Albigeois, et attirèrent des croisades contre la *Vauderie*. Le péché de *bougrerie* les fit traquer partout, et Philippe-Auguste « envoya son fils en Albigeois pour détruire l'hérésie des bougres de ce pays. »

Saint Louis, dans ses *Établissements*, réclama la peine de mort pour ce crime : « se aucuns est soupçonné de bougrerie, la justice le doit prendre et l'envoïer à l'évesque, et se il en étoit prouvez, on le doit ardoir. » — Mais ce fut sous les Valois que la dépravation arriva à son apogée. Elle fut importée d'Italie : les expéditions d'outre-monts furent fatales aux mœurs de la France. Le vice y était très répandu, même dans le haut clergé. Ainsi des cardinaux osèrent présenter au pape Sixte IV, d'après certains auteurs, une requête pour obtenir la permission de commettre le péché infâme pendant les trois mois caniculaires, et Sixte IV écrivit au bas de la requête : « Soit fait ainsi qu'il est requis. » (*Rome et ses Papes*, l. I, chap. xvii, p. 225 ; *Hist. de France*, par l'abbé Velly, t. V, p. 10 et suivantes ; notre impartialité nous fait un devoir de reconnaître que nous n'avons rien trouvé à ce dernier endroit indiqué par quelques auteurs). Le Pape Léon X est aussi accusé de pédérastie par l'historien Jovius.

On pouvait d'ailleurs se racheter de ce péché, ordinaire dans ce pays, pour 36 tournois 9 ducats (voy. *la Taxe des parties casuelles de la boutique du Pape*, trad. par A. du Pinet, édit. de Lyon, in-8, 1564).

Les Italiens arrivés avec Catherine de Médicis, eurent une influence déplorable sur les mœurs de la cour. L'auteur inconnu du pamphlet intitulé *le Cabinet du Roi* l'affirme nettement : « L'athéisme, sodomie et autres sinistres ou puantes académies que l'estranger a introduites en France.... »

Catherine, pour servir les intérêts de sa politique, employa les femmes ; elle eut à sa cour une suite très nombreuse de filles d'honneur qu'on appela l'*escadron volant* de la reine. Brantôme nous a laissé le portrait de plusieurs dans ses *Dames galantes*. Le vice ne tarda pas à pénétrer dans cette compagnie de dames, au nombre de deux ou trois cents, ne se quittant ni nuit ni jour. « De même que les hommes avaient trouvé, dit Sauval, le moyen de se passer de femmes, les femmes trouvèrent moyen de se passer d'hommes. Une grande princesse aimait alors une de ses demoiselles, parce qu'elle était hermaphrodite. Paris, aussi bien que la cour regorgeait de femmes lesbiennes, que les maris tenaient d'autant plus chères qu'avec elles ils vivaient sans jalousie. Les unes, sans s'en cacher, nourrissaient des belettes, dont les anciens usaient comme des lettres hiéroglyphiques pour signifier des tribades ; les autres... cette belle vie enfin plut si fort à quelques-unes, qu'elles ne voulurent ni se marier, ni souffrir que leurs associées se mariassent. » (*Amours des rois de France*, édit. in-12 de 1739.) — Brantôme est non moins explicite ; il dit aussi que la belette était chez les anciens le symbole des amours féminines qui, ajoute-t-il, « se traictent de deux façons, les unes pour *fricarelles*, les autres par, comme dit le poète, *geminos committere cunnos*. » Il donne à entendre que les filles de la reine-mère et des princesses du sang se livraient à ces débauches.

Ce que la mère avait toléré chez ses filles d'honneur, entre femmes, le fils l'autorisa par son exemple, entre hommes, chez ses courtisans. Henri III fut un des héros de l'amour antiphysique.

Il ne commença à s'adonner à la *débauche ultra-montaine* qu'après son voyage à Venise, où il avait probablement gagné une maladie vénérienne. «Depuis la mort de la princesse de Condé. dit Mézeray dans son *Abrégé chronologique de l'Histoire de France* (t. V, p. 251), Henri III avait eu peu d'attachement pour les femmes, et son aventure à Venise lui avait donné un autre penchant.»

Il s'entoura de favoris qu'on a flétris sous le nom de *mignons*. Les plus tristement célèbres sont Jacques de Levy de Caylus, François de Maugiron ou *grands mignons*, Nogaret, l'*archi-mignon*, etc. Il passa avec Maugiron, celui qu'il aimáit le plus, un contrat de mariage que tous ses favoris signèrent et qui donna naissance au pamphlet intitulé : *La Pétarade de Maugiron*. C'était alors le beau vice, le *délit de l'épine du dos*.

Ce nouvel empereur romain eut son Juvénal, aussi farouche, Agrippa d'Aubigné, qui écrivit ces vers dans ses *Tragiques :*

« — Si qu'au premier abord chacun estoit en peine
S'il voyait un roy-femme ou bien un homme-reine! »

Mais il faut faire la part de l'exagération due à la haine des Huguenots. Sauval prétend que ces *amours sacrées* étaient surtout le partage de ses favoris, de la *sacrée société*, de la *bande sacrée;* aussi, était-ce d'eux qu'on disait en ce temps-là : « *In Spania, los cavalieros ; in Francia, los grandes ; in Almania, pocos; in Italia, todos.*»

Son poète favori fut Etienne Jodelle, qui, sur l'ordre de Charles IX, composa le *Triomphe de Sodome.*

Henri IV ne put parvenir à chasser complètement la souillure italienne de la cour.

Cependant la magistrature sévissait contre la sodomie. P. de l'Estoile raconte, dans ses *Journaux,* que le livre du jésuite Sanchez *de Matrimonio* fut mis à l'index par le Parlement parisien, en 1611, parce qu'il contenait une doctrine pernicieuse sur ce vice.

Il reparut plus fort que jamais sous Louis XIII et Louis XIV. Un grand nombre de hauts personnages s'y livrèrent ouvertement ; parmi eux on compte : le frère de Louis XIV, Gaston d'Orléans et ses familiers, le duc de Bellegarde, le chevalier de Lorraine, le duc de Vendôme, qui fut accusé du «*ragoût d'Italie,*» dit Tallement des Réaux, le maréchal de Villars, le grand Condé, le duc de Vermandois, le prince de Conti, le grand Dauphin ainsi que le duc de Gramont.

Mêmes vices chez les femmes à la cour ; on a accusé la princesse de Monaco, la seconde Dauphine Adélaïde de Savoie, et surtout Christine de Suède.

La calomnie n'épargna pas Mme de Maintenon et Ninon de Lenclos.

Sous Louis XV, même dépravation.

La fille du régent, reine d'Espagne, à peine âgée de seize ans, attaquait ouvertement toutes celles de ses caméristes qu'elle jugeait passionnées. Le roi, prévenu, chassa toutes les beautés lesbiennes qui s'étaient prêtées aux•goûts de la reine et pardonna. Mais bientôt après le pardon conjugal, la princesse reprit ses divertissements. (Voltaire.)

Sa sœur, l'abbesse de Chelles, dont Diderot fit le portrait dans sa *Religieuse*, recevait de jeunes religieuses les témoignages de la plus infâme complaisance.

L'étranger n'était pas non plus exempt du vice. Frédéric II a été accusé de goûts contre nature ; voici d'ailleurs ce que son ami La Metterie écrivait : « Chaque homme porte le germe de son propre bonheur avec celui de la volupté... Pour être aussi heureux qu'il est possible de le devenir, il n'y a qu'à satisfaire ses désirs, c'est-à-dire tous les caprices de l'imagination... Tout est femme dans ce qu'on aime ; l'empire de l'amour ne connaît d'autres bornes que celles du plaisir.» *(Œuvres philosophiques*, t. II, p. 279. t. III, p. 323, 1874.)

Edouard II et Jacques I" en Angleterrre, le philosophe Vanini, Jean de la Casa, archevêque de Bénévent en Italie, ont été accusés de ce vice.

Pendant que Voltaire, par l'intervention de M" de Prie, sauvait de la prison l'abbé Desfontaines, à Venise on mettait dans un sac un grand de cette république, l'ambassadeur Moncenigo, et on le jetait à la mer.

Un membre de l'Académie française, l'abbé d'En-
tragues, offrait un exemple de cette aliénation mentale. Il affectait toutes les manières des femmes; il se
coiffait comme elles, il travaillait en tapisserie, il
portait un éventail, il mettait du rouge aux lèvres et
du noir aux sourcils. Un ami, M. Pelletier de Souzy,
le trouvant un jour assis dans son lit, en peignoir,
en cornettes et en rubans, travaillant en tapisserie,
crut s'être trompé et sortit (Michea).

Plus près de nous encore, la tragédienne Raucourt,
Cambacérès présentaient ces goûts antinaturels.

C'est alors qu'éclate la Révolution française, si-
gnal d'une ère nouvelle au point de vue des mœurs
et des croyances comme au point de vue politique et
social.

Quelles furent donc, pendant la période que nous
venons de parcourir, pendant le moyen âge, les
causes de ce priapisme universel, qui en est le trait
caractéristique? Il faut, avec la plupart des auteurs,
incriminer surtout l'ascétisme religieux, la vie mona-
stique, le mysticisme qu'on ne rencontre jamais dans
l'histoire sans érotisme, et qui lui donnèrent à cette
époque son caractère de violence et d'emportement.

IV. — *Période contemporaine.*

Depuis la Révolution — ce fut d'ailleurs la Révolution qui en partie leur donna une forte impulsion —
s'opèrent dans les esprits deux grands mouvements
allant en sens contraire, mais parallèles et tendant
au même but : d'un côté l'affaiblissement graduel de

la foi aux choses surnaturelles ; de l'autre, renaissance progressive du fétichisme. Les tendances spontanées de la nature humaine, toujours vivantes, quoique silencieuses, reparaissent avec une force dont on ne les aurait pas cru capables. Délivré d'une compression séculaire, le naturel revient avec des exigences certainement différentes, mais non moins impérieuses qu'autrefois. Nous avons déjà dit quelle a été l'influence lointaine de cette révolution sur les sentiments, les penchants, les instincts et en particulier sur l'instinct sexuel : c'est à elle qu'il faut attribuer ces attentats de toutes sortes relatifs à l'instinct sexuel.

Qu'il nous soit permis de nous borner à ces considérations générales sur l'époque où nous vivons : le peu de temps qui nous en sépare nous interdit de citer les cas particuliers.

Et maintenant que, pièces, c'est-à-dire textes à l'appui, nous sommes arrivés au terme de cette longue revue historique, nous allons, en guise de conclusion, faire ressortir deux points principaux que nous nous sommes efforcé de mettre en lumière dans ce chapitre, chaque fois que l'occasion nous en a été donnée.

Le premier, c'est qu'il est impossible, en face du même vice se rencontrant à tous les âges, à toutes les latitudes, dans toutes les sociétés quelles que fussent leur morale et leur religion, de croire un instant encore que ce vice soit autre chose qu'une perversion des plus grossières de notre nature, qu'il soit, comme quelques-uns le voudraient, le produit d'une civilisation blasée et en état de dégénérescence, une invention consciente des races supérieures. L'humanité, en fait d'instinct, n'invente rien, ne perfectionne rien ; du premier coup elle a donné à l'instinct sexuel toutes les sensations naturelles ou artificielles qu'elle pouvait lui donner. Les sociétés meurent, les religions disparaissent ; seuls, la nature instinctive de l'homme restant toujours identique à elle-même, les instincts primordiaux subsistent encore. Loin de nous la pensée de prétendre par là que l'amour contre nature soit un fait physiologique normal de notre être ; nous voulons simplement exprimer que c'est la perversion d'un instinct qui ne change pas avec les temps.

Le second point, c'est qu'un grand nombre d'hommes supérieurs ont présenté cette perversion sans qu'elle paraisse avoir nui à leurs brillantes qualités ou affaibli leur génie. César, Léon X, Frédéric II, Cambacérès et d'autres en sont la preuve. Ainsi se trouvent confirmés les vers du Dante, dans le chant XV de son *Enfer*, faisant remarquer la haute intelligence de certains de ces hommes aux *goûts antiphysiques*.

> « Insomma, sappi que tutti fur Chercis
> E letterati grandi e di gran fama
> D'un madasimo paccato al mondo lerci. »

Nous voulons enfin prévenir une objection, que nous prévoyons. On nous reprochera sans doute d'être sorti, dans ce chapitre, du cadre que nous nous étions tracé, c'est-à-dire d'avoir fait l'historique

des manifestations de la pédérastie, et de ne pas nous
être borné à celle de l'inversion proprement dite; on
nous dira qu'il fallait distinguer entre la dépravation
des mœurs et la perversion des instincts. Voici
notre justification : nous savons parfaitement que
parmi les cas cités, il y a des cas de pédérastie ;
mais aussi il y a certainement des cas d'inversion.
Quels sont les premiers ? quels sont les seconds?
où est le critérium, la pierre de touche? L'éloignement des faits ne nous permettant pas de
faire un diagnostic certain, nous avons préféré,
plutôt que de faire des omissions, consigner tout ce
que nous avons trouvé. Aussi bien, nous croyons
avoir repoussé le reproche, et d'autant mieux que,
jusqu'à ce jour, aucun historique de ce genre n'avait
été fait.

CHAPITRE II

HISTORIQUE LITTÉRAIRE

Devant un fait étrange, un cas extraordinaire, une anomalie quelconque d'ordre matériel ou psychique, deux grands courants d'opinions se forment, cherchant tous les deux, avec leurs moyens respectifs, à l'envisager, l'analyser, l'expliquer, ayant tous les deux la prétention d'apporter une conclusion définitive : l'un est l'expression des sentiments de la masse ; l'autre constitue le jugement d'un petit nombre. Le premier, émanation du bon sens public, trouve dans les historiens, les publicistes, les poètes, les romanciers, des porte-voix ingénieux, des vulgarisateurs éloquents, qui, en somme, ne sont que l'écho du milieu qui les enveloppe et n'ont que le mérite de formuler et de présenter, sous un jour particulier, ce que tout le monde pense. Le second courant, le jugement de la science, recrute ses représentants parmi un petit nombre d'esprits cherchant l'explication du phénomène à l'aide d'une méthode rigoureuse, parmi les physiciens, les philosophes, les médecins.

Il nous a semblé qu'en regard du jugement de ces derniers, des savants, que nous développerons dans les chapitres suivants, il ne serait pas sans intérêt de rechercher de quelle façon les moralistes et les romanciers ont envisagé la question de l'inversion de l'instinct sexuel, car s'ils ignoraient le nom, ils connaissaient la chose.

Nombreux sont les écrivains qui se sont occupés de cette question ; la perversion s'étant montrée à toutes les époques, ils n'ont pu s'empêcher de voir ce qui se passait sous leurs yeux et partant, ils l'ont consigné dans leurs écrits. Mais tous n'ont pas procédé de la même manière ; les uns, prenant à partie la société même qui les entourait, ont décrit ses mœurs en général et les ont appréciées en bloc ; les autres, au contraire, s'occupant moins des mœurs de leur temps que de l'aberration en elle-même, se sont attachés surtout à la décrire et à l'analyser ; aussi ont-ils fabriqué de toutes pièces — qu'on me passe l'expression — des cas fictifs, des observations imaginaires, répondant parfaitement à l'idée qu'ils s'en faisaient. Ce qui caractérise les premiers, c'est qu'ils n'ont dépeint que ce qu'ils ont vu ; les seconds, c'est qu'ils ont en quelque sorte présenté un schéma de l'aberration. Cette distinction nous a conduit à admettre, dans cette revue littéraire, deux périodes : une période de description et d'appréciation ; une période d'analyse.

La première période est en grande partie repré-

sentée par les poètes, les historiens, les moralistes et les romanciers grecs et romains. Nous avons
vu, dans l'historique des faits, quelle était leur façon
de penser en face des désordres dont ils étaient témoins ; nous n'insisterons donc pas. Pour ne citer
que les principaux : Lucien, dans ses *Dialogues des
Courtisanes* ; Alciphron, dans ses *Lettres* ; Juvénal,
dans ses *Satires* ; Martial, dans ses *Epigrammes* ;
Pétrone, dans son *Satyricon*, semblent n'avoir cherché un motif d'indignation que pour avoir une occasion de décrire le vice. On ne peut s'empêcher de
suspecter leur colère devant la complaisance avec
laquelle ils s'efforcent de faire des peintures brillantes, des tableaux saisissants de la dépravation de leurs
contemporains, et l'on a peine à croire que leur but
ait été de venger la morale, exalter la pureté du cœur
et régénérer les mœurs. Ils ne s'inquiètent ni de l'origine du mal, ni de ses causes, ni de sa nature, ils ne
voient en lui que ses manifestations. En résumé,
chez eux, l'indignation paraît factice, l'analyse est
nulle, et la description semble devenue l'unique
préoccupation. Mais ne les décrions pas trop ; outre
qu'ils ont mis à nu devant nos yeux l'état des mœurs
de leur époque, ils nous ont fourni un grand nombre
de renseignements précieux.

La seconde période commence au siècle dernier
et se continue de nos jours. Mais qu'on nous permette
de faire précéder l'énumération des auteurs qui la
représentent de considérations générales, s'appli-
quant tout au moins à la majorité.

Une première remarque qui vient à l'esprit,

c'est que ces auteurs procèdent directement, au point de vue descriptif, des romanciers grecs et romains, mais avec plus de décence et de retenue ; on voit que ce genre de littérature a passé par là, et que, sans imiter, ils se conforment à la tradition et conservent, en partie, la note laissée par leurs prédécesseurs.

D'un autre côté, un fait qui frappe, c'est que la plupart — cette réflexion s'adresse plus particulièrement aux littérateurs contemporains — ont la prétention de traiter la question d'une manière rigoureuse, quasi scientifique. Leurs livres, ils les décoreront pompeusement du nom d'études — c'est de plus pour eux une excuse — et ils l'offrent au public comme le dernier mot d'une analyse aussi rigoureuse que pénétrante.

Enfin, on serait mal venu de nier la sincérité et la bonne foi de ces écrivains. Moraliser est leur but ; dénonçant le danger, ils veulent mettre en garde ; indiquant la cause du mal, ils veulent montrer le remède. Mais la moralité du but leur a caché l'immoralité des moyens. Il est à regretter, en effet, qu'ils se soient quelquefois laissés entraîner par leur imagination : l'éclat des peintures fait oublier l'intention.

Il importe toutefois de faire ici une réserve. Nous n'avons en vue ici que les études — puisque études il y a — sérieuses et fortement pensées ; nous ne voulons pas faire cas de cette littérature pornographique à l'éclosion de laquelle nous assistons aujourd'hui, littérature quémandant un procès ou cherchant un scandale pour écouler ses produits.

Ce fut Diderot, ce grand et immortel penseur, qui, le premier, dans un livre resté fameux et dont l'apparition provoqua une émotion considérable, la *Religieuse*, inaugura, il y a un peu plus d'un siècle, ce nouveau genre d'analyses. Comme nous le verrons plus loin, il avait admirablement saisi les causes et le mécanisme des goûts antiphysiques. Toutefois, énumérer sèchement ces causes ne lui suffisait pas ; il comprit qu'il fallait, pour impressionner vivement les esprits, dans l'intérêt même du but qu'il se proposait, une démonstration vigoureuse : ce fut l'origine de son roman. Et pour que l'exemple eut lui-même plus de poids et d'autorité, il le choisit d'après nature : ce fut l'abbesse de Chelles, une des filles du Régent, dont nous avons rapporté le cas dans le précédent chapitre, que Diderot représenta dans son héroïne de l'amour antiphysique.

Balzac, toujours à la recherche du bizarre, de l'horrible, du monstrueux, ne pouvait moins faire de toucher, lui aussi, à cette question du *contre-amour*. Il eut un mot typique pour désigner les eunuques, ce *troisième sexe;* et à ses études, l'une sur la bestialité, dans *une Passion au désert;* l'autre, sur l'amour d'une femme pour un castrat, dans *Sarrazine*, il donna comme pendant une étude sur le *lesbius amor*, dans son roman *la Fille aux yeux d'or*.

Th. Gauthier, à son tour, aborda ce sujet et le traita en artiste et en poète, dans son beau livre : *Mademoiselle de Maupin* ; E. Feydeau l'effleura dans son roman *la Comtesse de Chalis* ; et Flaubert, dans sa magnifique étude sur l'antiquité, dans *Salammbô*,

écrivit une page magistrale que nous allons rapporter
bientôt sur les liaisons des soldats entre eux, dans
les armées carthaginoises.

Il nous resterait maintenant à citer encore un
certain nombre de romanciers actuels, qui, dans des
livres à tendances naturalistes, ont apporté leur con-
tingent de réflexions sur l'anomalie sexuelle qui nous
occupe, mais on comprend sans peine les motifs qui
nous en empêchent. Ces auteurs n'appartiennent pas
encore à l'histoire, et d'ailleurs ils sont connus de
tous ceux qui lisent et qui pensent. Qu'il nous suffise
de résumer, en quelques propositions, les conclusions
auxquelles eux et leurs prédécesseurs, depuis Diderot,
ont abouti.

Un premier fait, des plus intéressants, est que toutes
les opérations fictives rapportées par ces romanciers,
concernent des femmes. A quoi faut-il l'attribuer ?
Quelle en est la signification ? Est-ce que, par hasard,
cela indiquerait que la perversion de l'instinct sexuel
est plus fréquente chez la femme que chez l'homme ?
Nous ne croyons pas que l'on doive s'arrêter à cette
explication ; rien n'a pu indiquer aux auteurs en
question que tel ou tel sexe fut plus souvent que l'autre atteint de cette anomalie. Nous pensons qu'il faut
plutôt en chercher la raison dans l'idée relative qu'ils
se faisaient de la perversion chez la femme vis-à-vis
de la perversion chez l'homme. Il est évident qu'ils se
sont fait une opinion bien moins laide de la première
que de la seconde. Un homme — ce sont des hommes que nous venons de citer — normalement
constitué, de prime abord avouera toujours qu'il

comprend mieux, qu'il admet mieux — dans tout le sens relatif de l'expression s'entend — ce vice chez la femme que chez l'homme. La pédérastie a eu certainement pour eux un caractère odieux que n'avait pas le tribadisme ; ainsi s'explique leur dégoût pour l'une et leur prédilection pour l'autre, comme si une aberration identique peut admettre des degrés d'immoralité, comme si le sexe crée le vice et la honte.

Quant à la cause de la perversion, les auteurs s'accordent à incriminer la sensibilité amative naturelle de la femme, la recherche des sensations nouvelles, la rage des plaisirs étranges, l'attrait des voluptés aiguës, l'excès de civilisation affinant les sens, enfin et surtout les conditions sociales, réunissant un grand nombre d'individus du même sexe à l'exclusion de l'autre, dans de grandes agglomérations telles que les armées, les prisons, les couvents, les pensions, les internats, etc., etc. Qu'il nous soit, à ce propos, permis de céder au plaisir de citer la belle page de Flaubert dans *Salammbô*. Hamilcar, maître des Barbares ou Mercenaires, leur enjoint de se combattre à outrance entre eux ; il admettra les survivants dans sa garde particulière :

« Les Barbares s'entre-regardèrent silencieusement. Ce n'était pas la mort qui les faisaient pâlir, mais l'horrible contrainte où ils se trouvaient réduits.

« La communauté de leur existence avait établi entre ces hommes des amitiés profondes. Le camp, pour la plupart remplaçait la patrie ; vivant **sans**

famille, ils reportaient sur un compagnon leur besoin
de tendresse, et l'on s'endormait, côte à côte, sous le
même manteau, à la clarté des étoiles. Puis, dans ce
vagabondage perpétuel, à travers toutes sortes de
pays, de meurtres et d'aventures, il s'était formé
d'étranges amours — unions obscènes, aussi sérieuses
que des mariages, où le plus fort défendait le plus
jeune au milieu des batailles, l'aidait à franchir les
précipices, épongeait sur son front la sueur des
fièvres, volait pour lui de la nourriture ; et l'autre,
enfant ramassé sur le bord d'une route, puis devenu
mercenaire, payait ce dévouement par mille soins
délicats et des complaisances d'épouse.

Ils échangèrent leurs colliers et leurs pendants
d'oreilles, cadeaux qu'ils s'étaient faits autrefois, après
un grand péril, dans des heures d'ivresse. Tous de-
mandaient à mourir, et aucun ne voulait frapper. On
en voyait un jeune, çà et là, qui disait à un autre
dont la barbe était grise : « Non ! non, tu es le plus
robuste ! Tu nous vengeras, tue-moi ! » et l'homme
répondait : « J'ai moins d'années à vivre ! frappe au
cœur, et n'y pense plus ! » Les frères se contem-
plaient les deux mains serrées, et l'amant faisait
à son amant des adieux éternels, debout, en pleurant
sur son épaule (*Salammbô*, ch. XIV, *le Défilé de la
Hache*, p. 320).

Ces amours contre nature, les romanciers nous les
peignent comme violentes, jalouses, terribles, impla-
cables, avec tous les emportements, toutes les ivres-
ses et toutes les douleurs du véritable amour ; elles
absorbent l'individu qu'elles possédent et ne lui lais-

sent que de l'aversion pour l'autre sexe. Dans le tableau de ces passions féminines ils donnent toujours
à une de leurs héroïnes le rôle de l'homme, celui du
commandement, de la direction, de l'attaque et à
l'autre la soumission et l'obéissance. La première est
souvent une femme aux formes accusées, presque
masculines, une nature violente et indomptable,
pliant sa compagne sous sa domination, exerçant sur
elle une sorte de fascination et un despotisme absolu,
ayant conscience de sa perversion et au besoin s'en
faisant gloire. L'autre, malléable, se laisse, sans résistance conduire où l'on veut, inconsciente et rési-
gnée.

Dans quelle classe de la société se montre le plus
souvent cette corruption? L'accord des romanciers
est unanime : dans les hautes classes, dans la bour-
geoisie où l'absence d'occupation prédispose admirablement; jamais chez les paysans ou les ouvriers
dont les rudes travaux constituent pour eux une protection efficace.

Sont-ce des débauchés ou des malades, les héros
et les héroïnes de leurs études? Croyant surtout
au vice, mais entrevoyant vaguement chez eux
une faiblesse maladive d'organisation, ils ont
adopté une opinion mixte, tenant le milieu entre la
pédérastie ou la tribadisme et l'inversion proprement
dite de l'instinct sexuel; c'est de la *névrose*, expression ambiguë et commode qui pour eux explique tout,
et dont ils abusent; leurs héros sont des névropathes,
des déséquilibrés, des *détraqués*. Ils arrivent à la
dépravation comme d'autres deviennent gourmands

par suite du manque d'appétit. Ils raffinent l'amour pour pouvoir aimer, comme d'autres ont recourt à de nouvelles épices pour pouvoir manger ; c'est la *faiblesse irritable* des médecins.

On doit connaître ce côté des défectuosités de la nature humaine : averti, on pourra prévenir le danger. Quant au remède, il s'indique de lui-même : fortifier les organisations particulières et supprimer l'internat, cette cause puissante des promiscuités honteuses dans l'âge périlleux de la puberté.

Telles sont, brièvement résumées, les conclusions principales auxquelles sont arrivés des romanciers sur un point de pathologie mentale.

Il appartenait à un magistrat allemand de créer un genre de littérature particulier et de représenter à lui seul la période pour ainsi dire scientifique de cette revue littéraire. Il se trouvait, en effet, dans des conditions spéciales ; pour observer, il n'eut pas besoin de sortir hors de lui-même ; étant un *hermaphrodite moral*, il fut pour lui-même un objet d'étude, et il s'observa d'autant mieux que ses observations devaient servir à plaider sa propre cause. Il se nommait Karl Heinrich Ulrichs, a été très longtemps substitut dans le Hanovre, n'offrait aucune apparence de désordre intellectuel, était très érudit, très compétent en matière de statistique, et bien connu dans le monde de la politique et de la magistrature comme l'auteur de plusieurs savants ouvrages. Il publia, de 1864 à 1869, une série de brochures qui eurent un certain retentissement, des *Recherches au sujet de l'énigme* (Rathsel) *de l'Amour de l'homme pour l'homme* (Mannmannlich Liebe) : les premières *In-clusa* et *Vindex*(1864) sous le pseudonyme de Numa Numantius ; les autres sous son vrai nom : *Forma-trix*, *Vindicta* et *Ara spei* (1865), *Gladius furens* et *Memnon* (1868), *Incubus* (1869). Lui qui, en dehors de sa perversion instinctive, ne présentait rien dans ses relations, dans sa vie ordinaire, qui trahit son état mental, il soutenait qu'un grand nombre d'hommes — un sur cinq cents — du fait d'une constitution native, sont poussés à l'amour des hommes exclusivement, que leurs sentiments à l'égard des femmes sont l'indifférence ou une insurmontable répulsion. Ces hommes, Ulrichs les appelait *Urnings*. *L'Urning*, disait-il, est une raillerie de la nature, son organisation physique est celle d'un homme, mais ses instincts sexuels sont ceux d'une femme. Voici ses propres expressions : « Notre caractère, nos sentiments, nos instincts ne sont pas masculins, mais féminins. Cet élément féminin intime ne se traduit à l'extérieur que par notre habitus ; notre être extérieur n'est masculin que par les points suivants : l'éducation, l'entourage constant dans lequel nous avons grandi, la position sociale qu'on nous a donnée. Les manières masculines nous ont été données artificiellement. Nous jouons l'homme seulement ; nous le jouons, comme les femmes le jouent sur le théâtre.

« L'homme-femme, étant enfant, montre un penchant qu'on ne saurait nier pour les occupations féminines, pour la fréquentation des filles, pour leurs jeux et particulièrement pour leur amour de la poupée..... Dès la puberté, se réveille en nous l'amour pour le sexe mâle..... »

Pour lui. la perversion instinctive était physiologique et non maladive ; il cherchait à expliquer cette anomalie, cette énigme et son caractère physiologique, en supposant que « l'âme d'une femme se trouve enveloppée dans le corps d'un homme » *(anima mulieris in corpore virili inclusa)*, transmutation qui, d'après lui, datait de la première période embryonnaire, avant la différenciation des organes sexuels.

Ce furent probablement, d'après Julius Krueg, les écrits d'Ulrichs qui mirent le professeur de Berlin, Westphal, sur la voie de la sensation sexuelle contraire.

La littérature devançait la science.

CHAPITRE III

HISTORIQUE MÉDICAL

C'est, en 1870, avec le mémoire de Westphal que fit son entrée dans la science le symptôme inversion de l'instinct sexuel, avec sa signification et sa portée, sous l'expresion très heureuse dont il se servit pour le désigner : *Die contrare sexualempfindung*, tra-traduction littérale *sens sexuel contraire*. Comme le fit alors remarquer le professeur de Berlin, il avait été peu ou pas du tout étudié avant lui. Cependant cette prétention n'était justifiée que jusqu'à un certain point. Certainement, personne n'avait vu ce syndrome comme il l'envisageait, dans ses manifestations multiples, dans sa nature, dans sa signification au point de vue médico-psychologique ; mais si on ne tient compte dans son travail que de son intention en médecine légale, il est facile de se convaincre que d'autres l'avaient précédé depuis longtemps dans cette voie. Pour Westphal, il s'agissait de prouver

11

qu'il est des individus qui, de par une constitution native, sont irrésistiblement entraînés à l'amour d'individus du même sexe et, par suite, sont plus ou moins irresponsables de leurs actes; sous ce rapport, mais uniquement sous ce rapport, le but que se proposait le savant professeur n'était pas nouveau. Depuis longtemps, en face d'une perversion aussi étrange, aussi contraire aux fins de la nature humaine, les médecins aliénistes s'étaient demandés si elle ne confinait pas à l'aliénation mentale.

C'est ainsi que Kann, dès 1844, cherchait à expliquer la pédérastie en prétendant que dans certains cas les pédérastes sont atteints d'une folie particulière qu'il appelle *psychopathia sexualis (Psychopathia sexualis*, Leipzig, 1844).

En 1847, Brièrre de Boismont, Michéa, Marchal de Calvi, qui furent amenés par l'affaire du sergent Bertrand à étudier les anomalies de l'instinct sexuel, reconnurent que souvent la perversion est instinctive et entraîne l'irresponsabilité.

Casper, en 1852 (*Ueber Nothzucht und paedérastie*, Casper's Vierteljahrschr, 1, 1852), signalait cette perversion, la croyait dans certains cas l'effet de la dépravation, dans d'autres d'une disposition innée, mais il en méconnut l'importance et la portée. Dans le procès du comte Caylus (*Handbuch der gerichtt, medic*, Berlin, 1858. *Biolog. Teil*, p. 182), il n'apprécia pas exactement comme le prétend Westphal, l'état mental de cet individu, qui, pour le professeur de Berlin, d'après l'observation même et les détails du procès, était un faible d'esprit, un dégé-

néré : sa liberté d'esprit n'était que de l'inconsé-
quence ; Casper le crut sain d'esprit et responsable.

Griesinger attira aussi l'attention sur ce fait, que
l'anomalie sexuelle est innée *(Ueber einen wenig
bekannten psychopathischen zustand — Arch. für.
Psych.*, I, p. 651. Berlin, 1868).

Tardieu, dont les études parurent en 1858, et qui
depuis longtemps avait à examiner des pédérastes au
point de vue de leur responsabilité, touche à peine à
la question de la folie. *(Étude médico-légale sur les
attentats aux mœurs*, p. 259. Paris, 1858.) « Il y
aurait, dit-il, une attention plus sérieuse à donner à
l'état mental de certains individus convaincus de
pédérastie, et chez lesquels la perversion morale
pourrait atteindre jusqu'à la folie. Mais il ne faut pas
confondre cet état, en quelque sorte secondaire, avec
les excès de la débauche et les entrainements de la
passion. » Pour Tardieu, la pédérastie tient du vice,
et, comme disent MM. Charcot et Magnan, « c'est
avec une certaine hésitation qu'il laisse la porte
entre-bâillée à la folie. »

En 1869, le docteur Frænkel de Dessau, appréciant
l'*état mental des pédérastes*, soutint que la pédérastie
suppose *eo ipso*, un trouble des facultés intellectuelles,
et que ceux qui s'y livrent sont moroses, défiants,
obsédés d'idées de persécution, ont des hallucinations,
que, d'ailleurs, l'on connaît quelques exemples d'hérédité.

La question en était là lorsque parut, en 1870, le
mémoire de Westphal *(Die contrare sexualempfindung, symptom eines nevropatischen (psychopa-*

thischen) Zustand — *Arch. f. psych.*, bd. II, p. 73-108. Berlin, 1870), qui fondait le nouveau symptôme; la question changea de face.

Le professeur de Berlin présentait le sens sexuel contre nature comme un symptôme d'un état névropathique ou psychopatique anormal. Utilisant les récits, les écrits, les actes de sexuels intervertis, mettant à profit les données de Casper dans ses Nouvelles cliniques : la *Confession d'un Inconnu;* ma *Confession*, récit d'un pédéraste, publié par Tardieu, et enfin les *Recherches sur l'amour de l'homme pour l'homme* d'Ulrichs, et, les rapprochant de deux cas qu'il venait d'observer, il établit que la sexualité contraire est une perversion congénitale des sensations sexuelles « en ce sens qu'une femme est physiquement femme et psychiquement homme, et un homme, au contraire, physiquement homme et psychiquement femme. » Il met en relief les principaux caractères de cette disposition maladive : la perversion est identique chez les deux sexes; les malades ont conscience de la nature pathologique de leur état; ils présentent tous une tare héréditaire et offrent quelquefois des accès de manie, de mélancolie et une tendance au vol. Cette interversion pourrait, d'après lui, expliquer les mœurs de certains peuples de l'antiquité, l'amour grec. Disons aussi que l'expression de *sens sexuel contraire* lui fut suggérée par un collègue très compétent en philologie, et qu'il avait en vain cherché lui-même une expression brève rendant bien sa pensée, et indiquant non seulement la perversion, mais aussi l'ensemble des phénomènes qui s'y rapportent.

Westphal, dans ce mémoire, donnait deux cas de sexualité contraire. Le premier, le plus caractéristique est celui d'une fille âgée de 35 ans ; le second, moins net, parce qu'il s'y mêle une question de criminalité, est celui d'un jeune homme de 27 ans.

Les travaux du professeur de Berlin attirèrent vivement l'attention en Allemagne, où ils furent bientôt suivis d'un certain nombre d'autres, mais passèrent pendant longtemps inaperçus en France et à l'étranger.

Le docteur Schminke, en 1872, publia un cas ; (*Ein Fall von contrarer Sexualempfindung.* — *Arch. f. Psych.* ; Bd., III, p. 225-226, 1872). Le malade était un jeune homme.

En 1873, le docteur Scholz, de Brême, publia (*Bekenntnisse eines an perverser Geschlectsrichtung leidenden* — *Vierteljsch, f. ger. Med.*, Bd. XIX, p. 321-328, oct. 1873) une nouvelle observation, sur la demande même du patient, qui était un jeune homme de 30 ans et qui avait lui-même écrit sa curieuse autobiographie et sa confession.

En 1875, le docteur Gock, chef de la clinique Psychiatrique de Wurtzbourg, publia deux cas (*Beitrag zur Kenntniss der contraren sexualem phindung.* — *Archiv. f. Psych.*, Bd. V, p. 564-574, 1875), dont un seulement, le premier, est tout à fait probant: c'est celui d'une jeune israélite de 28 ans, dont l'observation ressemble, sous beaucoup de rapports, à la première de Wesphal ; le second est celui d'un instituteur israélite, âgé de 22 ans.

L'année suivante, en 1876, le docteur Servaës publiait deux cas (*Zur kenntniss von der contraren sexualempfindung. — Arch. f. Psych.*, Bd. VI, p. 484-495, 1876); le premier est l'observation très concluante d'un homme de 34 ans ; le second, l'observation peu caractéristique d'une jeune fille de 16 ans, qui, ayant eu trois accès maniaques suivis de stupeur, ne conservait aucun souvenir de la période d'exaltation.

Westphal, cette même année, rapporte un cas nouveau (*Zur contraren sexualempfindung. — Arch, f. Psych.*, Bd. VI. p. 620-621, 1876), celui d'un jeune homme de 24 ans dont la perversion sexuelle s'était montrée à 8 ans.

MM. Legrand du Saule et Vidal examinèrent, en 1876, un jeune homme de 20 ans, licencié ès lettres, surpris un jour dans un urinoir avec un vieillard, exhibant toutes leurs parties génitales ; mais M. Legrand du Saule, qui ne put se renseigner suffisamment, ne porta pas un diagnostic précis et constata seulement un état pathologique et une perversion génésique de l'ordre le plus anormal. (*Ann. medico-psych.*, V° série, t. XV, f. 446, 1876). Kraft-Ebing, range cette observation parmi les cas de sexualité contraire.

Stark, en 1877, publiait quatre cas dont un paraît douteux (*Ueber contrare sexualempfindung. —Allg. Ztsch, f. Psych.*, Bd. XXXIII, p. 209-216, 1877).

En 1877, parut l'excellent mémoire de Kraft-Ebing, sur les perversions de l'instinct sexuel.

L'auteur en donnait une classification méthodique et en même temps qu'il faisait l'historique de la question de la sexualité contraire, il rapportait une observation. (*Ueber Gewisse Anomalien des Geschlechtstriebs... etc. — Arch. f. Psych.*, Bd. VII, 1877: *Contrare sexualempfindung*, p. 305-312). Il trouve 17 cas dans la science, et 13 fois sur 17, il note des troubles névro ou psychopatiques; l'inversion n'est pour lui qu'un symptôme d'un degré plus ou moins élevé de dégénérescence. Il place très bien dans une catégorie à part les cas dans lesquels la perversion se montre passagèrement comme dans certains états de manie et de mélancolie.

C'est à cette époque qu'on commence à étudier l'inversion en dehors de l'Allemagne.

· En 1878, le docteur A. Ritti (*Gaz. Hebdom. de méd. et de chir.*, 4 janvier 1878) analysait succintement ces divers mémoires, présentait l'inversion comme un symptôme, mais ne rapportait pas d'observations.

En 1878, Tamassia publiait le premier travail fait en Italie sur la question et il donnait un nouveau cas. (*Sull'inversione dell'istinto sessuale. — Rriv. sperim.* 1878. p. 97-117).

Le docteur Kelp publiait, en 1880, un cas peu caractéristique (*Ueber den Geistes Zustand der Ehefrau C. M. — Allg. Zeitsch. f. Psych.* Bd. XXXVI, p. 716-724, 1880).

En 1881, Lombroso étudiait la question de l'inversion de l'instinct sexuel, mais n'apportait aucune observation nouvelle (*Amore nei pazzi. — Amore invertito. —Archivio di psych. 1881*).

Julius Krueg fit, en 1881, paraître le premier mémoire publié en anglais (*Perverted sexual instincts.* — *Brain*, vol. IV, p. 368-376, oct. 1881). Après l'historique de la perversion, il compte les cas et n'en trouve que treize de satisfaisants. Lui-même en donne deux dont un seulement, à ses yeux, a quelque valeur ; c'est celui d'un homme de 34 ans ; la seconde observation est celle d'une jeune fille de 25 ans. Il croit qu'une tendance aussi contraire à la propagation de l'espèce est une marque certaine de dégénérescence.

Le docteur Ludwig Kirn de Fribourg, au Congrès des Aliénistes de l'Allemagne du Sud-Ouest, dans la séance du 15 octobre 1881, traita de l'*Importance médico-légale des impulsions perverses* et en particulier de la sensation sexuelle contraire. Il rapporte deux cas nouveaux ayant entraîné condamnation pénale malgré la constatation d'anomalies psychiques.

M. Fürstner dans cette même séance, répondit que des cas semblables méritent une attention d'autant plus grande qu'après la publication des mémoires sur sur cette question, il y a eu des cas de simulations, les criminels raffinés leur empruntant les éléments psychopathiques qui leur sont nécessaires.

Kraft-Ebing publia à ce moment un second travail sur la question *de la sexualité contraire au point de vue clinique et légal (Allgmeine Zeitschr. f. Psych. u. psych. gerichtl. med. XXXVIII, 2 et 3, 1881).* Il en donne trois nouvelles observations, et admet dans l'inversion trois degrés à chacun desquels correspond un degré d'irresponsabilité.

C'est alors que parut dans les *Archives de Neuro-logie* (n° 7 et 12, 1882) le mémoire de MM. Charcot et Magnan. intitulé : l'*Inversion du sens génital*. Les savants médecins donnaient, entre autres, une observation qui excita vivement la curiosité, celle d'un homme de 31 ans, très érudit et occupant une belle situation dans l'enseignement. Ils montrèrent excellemment que cette perversion n'est qu'un symptôme, une des manifestations nombreuses qu'offrent les dégénérés, identique, quant au fond, à d'autres anomalies de l'instinct sexuel non moins étonnantes, telles l'amour d'un tablier blanc, des clous de la semelle d'un soulier de femme, etc., bizarreries dont ils donnent des observations. Ils demandent dans tous ces cas une expertise médico-légale rigoureuse.

Les remarques que Kirn avait émises au Congrès des médecins aliénistes de l'Allemagne parurent en 1882 avec les deux observations et des conclusions nettement formulées (*Allg. Zeitsrhr. f. Psych.*, XXXIV, 2 et 3), sous ce titre de l'*Importance clinique et légale de l'impulsion sexuelle pervertie.*

Le docteur Sterz publiait quelque temps après, sous la rubrique de : *Contribution à l'étude de la sensation sexuelle contraire* (Jahrb. f. Psych., III, 3) un nouveau cas qui cependant avait entraîné une condamnation de 18 mois de prison.

Dans la séance de la Société de Psychiatrie de Berlin, du 12 mars 1883, Rabow et Westphal firent, chacun de leur côté, allusion à un cas de sensation sexuelle contraire. Le premier raconte les confidences d'un jeune homme qui se sentait irrésistiblement attiré vers le sexe masculin, et dont le père so suicida. Le second mentionne le cas d'un américain qui ne pouvait résister au désir de s'habiller en femme. Alors s'engage une discussion générale sur le traitement de l'affection (extirpation des ovaires, ablation des testicules).

En 1883, G. Cantarano *(Contribuzione alla casuistica della inversione dell' istinto sessuale. — La Psychiatria, la Neuropatholagiae la scienze affini.* Naples, 1883, fac. 3) publiait une observation très caractéristique d'inversion chez une jeune fille, et faisait un court historique de la question.

Le D' Gley, quelque temps après, étudiait, dans la *Revue philosophique* (n° 1, p. 66, janvier 1884), ce symptôme au point de vue purement spéculatif et philosophique, dans un mémoire traitant des *Aberrations de l'instinct sexuel.*

M. Lacassagne, à la fin de la même année, donnait lecture, à son cours de médecine légale, d'une observation très intéressante et très complète, que nous publierons plus loin ; en même temps, il plaçait l'inversion dans le groupe des formes pathologiques de l'instinct sexuel, suivant la qualité.

A la même époque, M. Tarnowsky, professeur de syphiligraphie à Saint-Pétersbourg (*Messager de Psychiatrie clinique et légale et de Néuropathologie,* par Mierzejewsky, de Saint-Pétersbourg ; *Viestnir Klinitcheskoy soudebnoy psychiatrie i Neurpathologie,* an. II, fasc. 2, déc. 1884), prétendait avoir vu dans le monde, en dehors des hôpitaux et

des malades, un grand nombre de sexuels intervertis.
Il classait les formes d'inversion en deux groupes :
1° inversions chez les dégénérés ; 2° inversions acquises.

Le D' Savage, médecin en chef de Béthleem
Hospital, publiait aussi l'observation d'un Américain
vivant dans une angoisse constante de peur de céder
à son impulsion. (Voy. *Ann. médico-psych*, série 7,
t. I., p. 363.)

Enfin, M. Magnan, dans son mémoire lu à l'Académie de médecine, le 13 janvier 1885 : *Des aberrations, des anomalies et des perversions sexuelles*, plaçait les sexuels intervertis dans le grand groupe des
spinaux cérébraux antérieurs.

Deux faits principaux ressortent clairement de
cette revue historique. Le premier, c'est qu'il ne
fallut pas moins d'une dizaine d'années pour que le
syndrôme créé par Westphal fut connu et étudié en
France et à l'étranger, tandis qu'il a aussitôt donné
lieu, en Allemagne, à un grand nombre de travaux.
Le second, c'est que, dans la science, contrairement
à ce que nous avons vu dans la littérature, la plupart
des observations se rapportent à des hommes, et que
ces observations se sont suffisamment multipliées
pour qu'il ne soit plus nécessaire de les compter.
Il est évident que les savants n'ont pas eu une préoccupation de même ordre que les romanciers. Si les
observations relatives à des femmes sont plus rares
en apparence que les autres, cela tient probablement
à ce qu'elles peuvent plus facilement cacher ou réprimer leurs impulsions instinctives.

CHAPITRE IV

INVERSION ACQUISE — INVERSION SECONDAIRE

Nous étudierons successivement dans ce chapitre ce que nous avons appelé l'*inversion acquise* et l'*inversion secondaire*.

Il importe toutefois de rappeler quelle est notre notre intention. Nous ne voulons pas faire ici l'histoire complète de ces deux formes. Le facteur étiologique de l'inversion en général étant de la plus haute importance en médecine légale, c'est seulement au point de vue de leur *cause* que nous les envisagerons. C'est à elle en effet qu'il faut s'adresser d'abord pour établir le diagnostic des diverses formes entre elles, et partant le dégré de responsabilité de l'individu qui les présente. Voici un homme atteint d'inversion du sens génital dans son sens le plus général : dans quelle classe rentre-t-il ? L'anomalie chez lui est-elle acquise, secondaire ou native ?

La réponse est subordonnée à la connaissance de

sa cause. Aussi dans ce chapitre, considérerons-nous moins les individus eux-mêmes que l'inversion dans sa raison d'être.

I. — *Inversion acquise*

Le point à éclaircir est celui-ci :

Comment se fait-il qu'un homme parfaitement conformé, né sain de corps et d'esprit, et qui pendant un certain temps n'a rien présenté d'anormal dans ses mœurs, en arrive à l'inversion? Diderot nous semble l'avoir très bien compris : à la fin de la *Suite du rêve de d'Alembert*, Mme de l'Espinasse demande à Bordeu : « Ces goûts abominables, d'où viennent-ils?» Et Diderot avec une finesse d'analyse admirable, fait répondre à Bordeu : « Partout d'une pauvreté d'organisation chez les jeunes gens, de la corruption de la tête dans les vieillards, de l'attrait de la beauté dans Athènes, de la disette des femmes dans Rome, de la crainte de la vérole à Paris.» En trois lignes, il résumait l'étiologie des passions contre nature.

Essayons à notre tour d'esquisser une classification étiologique des formes de l'inversion acquise. Pour nous, bien qu'on ait donné un plus grand nombre de causes, celles-ci se réduisent à quatre; la perversion ne peut se montrer que dans quatre cas différents : 1° elle est un métier, une profession ; 2° elle est le résultat de la luxure et de la dépravation ; 3° elle est une conséquence du milieu fait à l'individu ; 4° elle est l'effet de la crainte des maladies vénériennes, ou des suites d'un rapport sexuel normal.

1° *Elle est un métier, une profession.*

Il est à peine besoin de faire remarquer que cette première classe désigne la prostitution pédéraste. Il s'agit de démontrer que la raison d'être de cette forme d'inversion réside dans ce fait que ceux qui l'offrent en font un métier.

Remarquons d'abord que le terme même de la prostitution implique l'idée de profession. Il nous semble d'ailleurs qu'il aurait fallu, plus qu'on ne l'a fait jusqu'ici, insister sur l'analogie qui existe entre la prostitution masculine et la prostitution féminine ordinaire. Ainsi Tardieu a dit que la seconde est le complément de la première; il eût pu tout aussi bien dire qu'elle en est l'imitation, la copie. Un parallèle établi entre elles nous paraît devoir apporter un jour nouveau. Dans l'une et dans l'autre prostitution, on trouve des éléments analogues : d'un côté, celles ou ceux qui se prostituent ; de l'autre, ceux qui entretiennent la prostitution ; le même but : pour les filles ou les hommes publics, en faire un moyen de gagner leur vie, pour ceux qui l'alimentent, donner satisfaction à un instinct sexuel, normal, mais peu délicat dans le premier cas, dévié dans le second. La nature des rapports, l'aberration de l'instinct seules différencient la première de la seconde. Tandis que dans l'une, l'instinct sexuel a pour les deux éléments, un fonctionnement régulier, dans l'autre, il est artificiellement perverti ; par métier pour le premier élément, par luxure pour le second.

La prostitution est si bien une profession pour certains pédérastes, qu'elle s'associe le plus souvent à l'escroquerie, au vol, au chantage, à l'assassinat. « A Paris, dit le baron Saint-Didier, la pédérastie est l'école à laquelle se forment les plus habiles et les plus audacieux criminels. » Ces malfaiteurs emploient pour cela des jeunes gens servant à attirer dans un piège les individus qui ont ces habitudes vicieuses ; ce sont des *outils ;* eux-mêmes s'appellent *chanteurs*. Ils sont souvent leveurs et chanteurs à la fois. « Après avoir provoqué à la débauche, dit Tardieu, celui qui a eu le malheur de les aborder, ils changent tout à coup de ton, le prennent, comme ils disent, au *saute-dessus*, et, se donnant pour agents de l'autorité, le menacent d'une arrestation qu'ils consentent à grand'peine à ne pas faire si leur discrétion est largement rétribuée... Les hommes qui se livrent au genre d'escroquerie dit *chantage*, ne sont, le plus ordinairement, que des voleurs d'une espèce particulière, qui, sans être toujours adonnés à la pédérastie, spéculent sur les habitudes vicieuses de certains individus, pour les attirer par l'appât de leur passion secrète dans des pièges où ils rançonnent sans peine leur honteuse faiblesse. » Ils se recrutent parmi des gens descendus assez bas pour se livrer aux souillures de passions que souvent ils ne partagent pas. L'idée de métier est passée même dans les termes, les *outils* sont ceux qui font *commerce* de leur corps.

Ainsi, dans ce premier cas, on peut conclure que l'inversion ne se montre qu'à un certain âge, chez des individus qui souvent n'ont pas des goûts contre nature ; elle est en quelque sorte artificielle, factice, cherchée, voulue ; elle résulte d'un mouvement réfléchi, conscient ; elle est un procédé, un moyen ; on l'élève à la hauteur d'une profession.

2° *Elle est le résultat de la luxure et de la dépravation.*

C'est dans cette classe que rentrent ceux qui font vivre pour ainsi dire les pédérastes de profession qui, de leur côté, escomptent leur passion et l'utilisent. Ce sont, en général, comme le font remarquer Casper et Tardieu, de vieux débauchés, qui, arrivés à la perversion par excès de lubricité, recherchent des plaisirs nouveaux, blasés qu'ils sont des voluptés naturelles. Chez eux, c'est la tête qui est «corrompue,» et leur passion est si impérieuse, que souvent ils s'exposent à des conséquences plus terribles que le chantage, car l'assassinat est loin d'être rare. Ils sont peu à peu tombés dans le vice ; une faiblesse en a amené une autre. Ce sont les pédérastes par goût, par luxure ; l'inversion ne vient chez eux qu'à un âge généralement avancé ; sa raison d'être est tout entière dans la dépravation.

3° *Elle est une conséquence du milieu fait à l'individu.*

Tous les auteurs s'accordent à reconnaître cette cause d'inversion qui apparaît comme une sorte de miasme, toutes les fois qu'un grand nombre d'individus du même sexe sont réunis à l'exclusion de l'autre, dans ce que nous appelons les *agglomérations exclusives.* C'est un fait d'expérience : la privation de tout rapport sexuel normal, le contact journalier, incessant, exclusif d'êtres humains du même sexe et de mêmes désirs, ne tardent pas à amener, dans les grandes agglomérations, une véritable dépravation épidémique, dont l'aboutissant est l'amour contre nature. Et, chose curieuse, ce n'est pas là l'apanage de l'homme seul ; cette perversion des instincts se montre aussi chez les animaux, dans les grands troupeaux de mâles, qu'on ne peut cependant suspecter de dépravation ; tant la non satisfaction d'un même besoin fonctionnel provoque chez l'homme et chez les animaux un désordre identique. Sont des agglomérations corruptrices : les armées, les équipages de vaisseaux, les bagnes, les prisons, les maisons d'arrêt ou de détention, les institutions fermées, les pensions, les internats, les hôpitaux, etc.

Cette forme d'inversion est donc fortuite, accidentelle, mais acceptée. La responsabilité est entière, les conditions sociales ne constituant pas une excuse. Elle est d'ailleurs passagère : replacé dans un milieu mélangé, l'individu est rendu le plus souvent à la vie sexuelle régulière.

4° Elle est l'effet de la crainte des maladies vénériennes et des suites d'un rapport naturel avec une femme.

La peur des maladies vénériennes et, en particulier de la syphilis peut être une cause de goûts contre nature. Elle agit surtout sur les employés, les domestiques, les militaires.

Disons en passant que la médecine, après avoir contribué à répandre cet effroi de la syphilis devrait, aujourd'hui qu'elle a beaucoup perdu de sa malignité

d'autrefois, réagir contre ces tendances à la regarder
comme une affection épouvantable. Nous avons vu
quel cas Diderot faisait de cette crainte en temps que
cause de la pédérastie, au siècle dernier, à
Paris.

La crainte des suites d'un rapport normal avec
une femme, c'est-à-dire de la grossesse, agit
aussi dans ce sens. Un pédéraste, président
d'une société de jeunes gens, arrêté à Insprüch,
en 1870, sous l'inculpation de rapports contre
nature, expliquait à Hofmann « qu'un rapport sexuel
avec une femme était trop dangereux, qu'il pouvait
facilement en résulter quelque chose (sic), tandis
qu'avec des garçons, il n'y a rien à craindre de ce
genre. »

Tels sont les quatre cas bien tranchés et exagérés
à dessin auxquels peuvent se réduire les nombreuses
causes qu'on a invoquées pour expliquer la perversion.

On peut conclure que l'inversion acquise est sous
la dépendance de la volonté individuelle, qu'elle
est consciente, réfléchie, acceptée, quand elle n'est
pas cherchée. Ceux qui la présentent ont été, au
début, régulièrement conformés ; ils n'ont rien offert
d'anormal dans leur enfance, aucune manifestation
névro ou psychopathique avant la puberté. La perversion factice ne se montre qu'à un certain âge et
n'est pas absolue : elle permet des rapports sexuels
normaux, la répulsion pour l'autre sexe n'étant pas
insurmontable. Elle n'apparaît pas spontanément,
une éducation est nécessaire. Enfin elle tient dans

tous les cas du vice et de la dépravation. Il en résulte une responsabilité à peu près complète.

Mais est-ce à dire que tout pédéraste, l'étant volontairement, est toujours responsable? Nous ne le croyons pas. Que chez les uns il arrive un moment où, en raison même de cette longue habitude de voluptés acquises graduellement, de cette fixité des idées, il se développe une disposition psychique spéciale déterminant à la longue des impulsions, pour ainsi dire, irrésistibles, confinant à la folie et amenant un certain degré d'irresponsabilité, c'est ce que l'on ne saurait nier. Si au début la responsabilité a été complète, il se peut qu'après de longues années d'habitudes voluptueuses antinaturelles, la volonté ne soit plus capable de lutter contre elles; mais, démontrer ce fait n'est pas notre intention. Que, d'un autre côté, il se rencontre quelquefois dans la prostitution pédéraste des individus qui s'y livrent pour ni l'une ni l'autre des raisons énumérées, mais en vertu d'une disposition psychique originelle, c'est encore probable; mais ceux-là rentrent dans la classe des sexuels intervertis, dont nous allons bientôt examiner la situation morale.

Ainsi se trouve justifiée notre classification.

II. — *Inversion secondaire.*

Le caractère de cette forme est d'être sous la dépendance d'une malformation congénitale des organes génitaux, ou d'être liée à des lésions des centres nerveux, ce qui revient à dire que dans le premier cas la raison de la perversion est l'hermaphrodisme; dans le second, une maladie nerveuse ou mentale (paralysie générale, ataxie, etc., etc.).

Examinons ces deux cas.

Il est certain que la sexualité résulte de la conformation des organes génitaux, que ce sont les organes qui font la fonction, et, dans le cas présent, le sexe ; il est évident aussi que le sexe fait l'instinct. Qu'on suppose une malformation anatomique des organes génitaux, il s'en suivra naturellement une déviation des instincts sexuels. Tel est le cas des hermaphrodites ou plutôt des pseudo-hermaphrodites, puisque la science n'admet qu'à titre d'exception dans l'espèce humaine les hermaphrodites vrais, complets, porteurs à la fois de la glande mâle et de la glande femelle (testicule et ovaire).

A l'état embryonnaire — c'est un fait démontré par Waldeyer, Semper, Kolliber, Balbiani — le sexe est double, les rudiments de l'appareil génital sont bisexuels, il y a hermaphrodisme histologique. Ce n'est, dans l'espèce humaine, que vers la huitième semaine que commence à se faire le développement du sexe dans un sens ou dans l'autre, par l'atrophie d'un élément sexuel et la végétation de l'autre. Mais que les deux éléments se développent à la fois et parallèlement après cette huitième semaine de la vie intra-intérieure, et on aura l'hermaphrodisme morphologique. Bien qu'au fond l'individu présentant cette malformation congénitale soit ou un homme ou une femme, on conçoit sans peine qu'elle réagisse sur lui, et autant sur sa constitution physique que sur ses penchants sexuels. C'est ainsi qu'on le voit tour à

à tour être homme ou femme, par ses occupations,
ses goûts, ses sensations. Les exemples de cette
anomalie ne sont par rares dans la science, et presque toujours les êtres ainsi conformés sont des intervertis sexuels ; tels sont, entre autres, les cas
d'Alexina B... et de l'individu présenté à la Société
d'anthropologie de Paris, en 1881, par M. Magitot.
Dans ce cas, l'inversion est l'effet d'une monstruosité physique congénitale, d'un *ludi naturæ ;* la dépravation n'y entre pour rien ; les phénomènes psychiques dépendant des phénomènes anatomo-physiolo-
giques.

Enfin l'inversion se montre encore dans l'aliénation mentale où les autres aberrations de l'instinct
sexuel tiennent d'ailleurs une si grande place. On
l'observe quelquefois au début de la paralysie générale *(pédérastie paralytique* de M. Tarnowsky), dans
le courant de la démence sénile (*pédérastie des vieillards*, de M. Tarnowsky), chez les aliénés atteints
de la *folie à double forme* de M. Baillarger ou chez
les circulaires de M. Falret, dans l'idiotie, l'imbécilité,
le crétinisme (Fürstner). Westphal et Kraft-Ebing
ont cité des cas de manie et de mélancolie où cette
perversion survint. M. Charcot rapporte le cas
d'une maniaque âgée de trente-trois ans, observée à
la Salpétrière, qui, « à plusieurs reprises, et pendant
des journées voulait faire, disait-elle, comme
l'homme, cherchait à retrousser la robe des surveil-
lantes, les suppliait de cohabiter avec elle, se montrant, d'autre part, indifférente à l'égard des hommes
qui venaient à côté d'elle. » (P. 13).

Dans ces cas divers, l'inversion survient brusquement, accidentellement, et à titre passager. Elle ne
se maintient pas, mais revêt un caractère de violence qui s'explique bien en ce sens que ces malades
obéissent à des impulsions irrésistibles, anihilant
la volonté et entraînant l'irresponsabilité. L'inversion n'est donc qu'un symptôme accessoire dans ces
différentes affections.

CHAPITRE V

OBSERVATIONS

On a pu, par ce qui précède, à mesure que nous avancions dans le cœur du sujet, se faire, en procédant par élimination, une idée déjà assez nette de l'inversion native : nous allons, dans ce chapitre, laisser aux observations le soin d'éclairer encore et de compléter cette notion.

Nous croyons qu'il en est des observations comme des symptômes, qu'il faut moins tenir compte de leur nombre que de leur signification et leur valeur. En conséquence, nous n'avons voulu en consigner qu'un petit nombre seulement et choisies parmi les plus caractéristiques dans la littérature médicale de plusieurs nationalités. Les observations qui figureront ici sont au nombre de sept; nous les donnons

14

par ordre chronologique, d'après la date de leur
publication :

1° La première est celle de la jeune fille de Westphal, la première observation allemande et la première qui ait été publiée sur ce sujet avec l'intention
et l'expression ; elle est d'ailleurs non seulement intéressante en elle-même, mais aussi parce qu'elle
concerne une femme (1870) ;

2° La seconde est celle de M. Legrand du Saule, la
première qui ait été publiée en France (1876) ;

3° La troisième est celle de M. Julius Krueg, la
seule, croyons-nous, qui, avec celle du Dr Savage,
ait été publiée en langue anglaise (1881) ;

4° La quatrième est l'observation si caractéristique
que MM. Charcot et Magnan ont rapportée (1882) ;

5° La cinquième est celle de G. Cantararo ; nous
l'avons préférée à celle de Tamassia, la première
publiée en Italie, parce qu'elle est typique et concerne une femme (1883) ;

6° La sixième est celle que M. Magnan a publiée
en même temps que sa classification des perversions
sexuelles (1885) ;

7° La septième et dernière, la seule qui soit inédite, la cause pour ainsi dire occasionnelle de ce
travail, est celle que M. Lacassagne met si gra-
cieusement à notre disposition : elle est très complète, très caractéristique, et offre un intérêt médico-légal particulier.

OBSERVATION I

(Extraite du Mémoire de Westphal : *Die contrare sexualempfindung* —
Arch f. Psych, t. II, p. 79, 1870)

Le 30 mai, Mlle N... était conduite à la Charité, section
des aliénées. Elle était accompagnée d'un certificat où il était
dit qu'elle était depuis l'âge de 8 ans atteinte de la maladie
d'aimer les femmes, qu'elle se livrait sur elles, en plus des
baisers, à l'onanisme, qu'elle prétendait que, lorsqu'elle est
portée vers une femme et qu'elle n'obtient qu'un refus, elle se
sent prête à tout, qu'elle n'avait jamais eu de relation avec
un homme, qu'elle ne se sentait aucune inclination pour eux
et qu'elle assurait que lorsqu'elle a une relation avec une
femme son plaisir est si vif qu'elle « perd » ; le certificat
ajoutait que la maladie était une affection mentale, qu'il
fallait, pour éviter un malheur, placer la malade dans un asile
pour la guérir au plus vite, ce qui était d'ailleurs son plus
grand désir.

Mlle N... a 35 ans et demeure depuis quelques années
avec sa sœur aînée qui tient un pensionnat de demoiselles;
elle avait la direction du ménage. Voici ce que la sœur
raconte :

« Ma sœur qui a toujours eu des difficultés pour apprendre
à l'école, mais dont la mémoire était en général bonne, a
toujours eu des tendances à la mélancolie et a toujours été
mécontente de sa situation et d'elle-même. A cause de son
infirmité (bec de lièvre), on a passé sur bien des choses et l'on
a toujours attribué sa mélancolie, son obstination, son irrita-
bilité et son emportement à cette difformité. Elle n'a jamais
donné de preuves d'un caractère foncièrement mauvais, telles
que les mensonges, la tendance au vol. Dans le ménage, elle
était diligente, rangée, avait beaucoup d'ordre, mais elle
était toujours très réservée à cause de son infirmité. L'hiver

de 1863-64, son état changea sensiblement, si bien que je ne savais qu'en penser. Ses accès de mélancolie étaient devenus plus fréquents et ils étaient suivis de dépression, de stupeur, d'abrutissement; ensuite, sans motif, elle s'emportait, renversait tout dans le ménage, se servait de termes qu'on ne lui connaissait pas et ne faisait aucun cas des remontrances qu'on lui adressait à ce sujet. Quand elle était dans cet état d'excitation, l'expression de son regard changeait, devenait lugubre, et l'on remarquait aussi de curieuses contractions dans sa figure. Alors elle voulait quitter la maison, s'en aller en Amérique. Ces accès se sont toujours répétés de la même manière; les derniers huit jours, son état s'était tellement aggravé que j'avais peur de rester avec elle. Souvent elle montrait aussi un penchant pour le sommeil; elle se couchait souvent à cinq heures du soir sur un canapé et y restait jusqu'au soir; elle n'était jamais assez tôt au lit. Quand par hasard on se couchait plus tôt que d'habitude, cela ne lui plaisait pas et elle était hors d'elle de se mettre au lit si tôt. Pendant ces derniers temps, elle souffrait souvent de maux de tête dans un certain point du crâne; il lui semblait qu'on la piquait avec un instrument pointu. Au moment de ses règles, elle avait des serrements de poitrine, une oppression qu'elle disait être l'effet des larmes, « une crampe de pleurs », qu'elle avait déjà éprouvée autrefois.

« Le 24 mai 1864, c'est-à-dire six jours avant sa rentrée à la Charité, je la trouvai toute en larmes ; je la priai de me donner la raison et elle me dit alors qu'elle était très malheureuse, car elle aimait éperdument une jeune fille, qu'elle ne pouvait plus rester, qu'il fallait qu'elle partît. Ces accès de pleurs duraient plusieurs jours et plusieurs nuits; pendant trois jours elle ne prenait aucune nourriture. Puis elle devenait plus tranquille, mais ce calme durait peu et était suivi d'un accès d'agitation. Elle ne parlait que de vengeance, de mort, et avait des idées noires. Le 26 mai, elle est allée d'elle-même chez le docteur S.... qui la connaissait déjà depuis longtemps et lui fit connaître la cause de son état malheureux. A partir

de ce moment, les idées se précipitent dans sa tête. Elle n'a-
vait pas plutôt pris une décision qu'aussitôt elle l'abandon-
nait.

« Le 28 mai, sa rage atteignit le maximum. Elle jetait,
brisait, renversait tout, se servait de mots violents, faisait
des menaces. Cet état dura jusqu'au 28 à midi, puis elle
tomba dans la stupeur, se mit sur le canapé et resta immobile.
Le 30, on la transportait à la Charité parce qu'elle désirait
vivement être guérie. »

C'est ici que finit le récit de la sœur.

Le jour de son arrivée, je trouvai la malade sans rien de
particulier, ni dans sa mise, ni dans ses gestes. Son langage
n'était pas violent et elle s'exprimait correctement. Elle disait
qu'elle avait voulu elle-même rentrer dans une maison de
santé et elle était très étonnée qu'on l'eût placée dans un
asile.

L'idée en particulier de coucher au milieu des autres fous
lui faisait peur. Elle a parlé clairement et nettement et elle a
répondu d'une manière continue et sans circonlocution à
toutes les questions, sans qu'on l'ait amenée à dire ce qu'elle
ne voulait pas.

Elle raconta, qu'étant enfant, elle aimait beaucoup les
jeux des garçons et qu'elle s'habillait avec plaisir en garçon.
A partir de huit ans, elle a éprouvé un penchant pour les
jeunes filles, pas pour toutes sans distinction, mais pour
certaines seulement, qui l'attiraient du premier coup, dès
la première vue ; que c'est le regard qui l'impressionne surtout. « C'est curieux, dit-elle, c'est dans l'œil, c'est une sorte
de fascination, de magnétisme. » Elle essayait ensuite systé-
matiquement de se rapprocher de ces jeunes filles ; elle leur
faisait une cour en règle, les embrassait volontiers et
plusieurs fois, est arrivée à obtenir la permission de leur
toucher les parties génitales. Elle ressentait même de la
répulsion pour embrasser d'autres jeunes filles que celles-là.
Elle n'a senti d'excitation génitale que lorsqu'elle a été
menstruée.

Pendant la période comprise entre sa dix-huitième et sa vingt-troisième année, elle a eu souvent l'occasion de satisfaire son penchant, surtout pendant cinq semaines, quand elle couchait dans le même lit que sa cousine et qu'elles se livraient ensemble, chaque nuit, à des attouchements ; sa main touchait la partie génitale de l'autre jeune fille, mais elle ne permettait jamais qu'on la touchât. Elle regarde cette période comme la plus heureuse de sa vie. A partir de sa vingt-troisième année jusqu'au mois d'octobre de l'année dernière, elle n'a plus eu l'occasion d'un commerce aussi intime ; par contre, elle se livrait à l'onanisme en se représentant vivement une jeune fille aimée, et cela surtout peu de temps avant et après ses règles. Elle a retenu, dit-elle, son penchant à l'onanisme autant que possible, parce que cette pratique lui était désagréable en ce sens qu'elle se trouvait toujours abattue, faible et de mauvaise humeur après la masturbation ; mais souvent une impulsion irrésistible lui poussait la main avec force. Elle dit que souvent pendant ses règles elle a senti à la face interne du haut de la cuisse de petits nodules qui lui démangeaient violemment. Mais ce n'était pas cela qui la poussait à l'onanisme et ces nodules existaient seulement pendant les règles, tandis que le penchant à l'onanisme existait toujours huit jours avant et huit jours après. Elle dit aussi avoir eu des écoulements provenant des parties génitales. Elle prétend encore que lorsqu'elle réprimait son penchant pour l'onanisme avec force, elle éprouvait une odeur et un goût désagréables comme s'ils remontaient des organes génitaux. La malade dit n'avoir ressenti aucun intérêt pour les hommes, et les conversations à ce sujet la laissaient entièrement froide. Elle déclare avec une grande assurance qu'elle pourrait demeurer et coucher au milieu d'hommes sans la moindre émotion. Souvent quand elle était étendue, les yeux fermés, dans son lit, les jeunes filles qu'elle avait aimées lui apparaissaient au naturel ; assez souvent aussi elle a vu défiler devant elle une série de figures grimaçantes. Dans ses

rêves voluptueux, elle remplissait toujours le rôle de
l'homme et à se moment-là il lui arriva plus d'une fois
d'entendre de suaves mélodies. Elle déclara avec énergie
et sans être interrogée que son penchant pour son propre
sexe était pour elle un terrible état qu'elle ne pouvait comprendre comment cela se faisait qu'elle était si différente de
toutes les autres jeunes filles ; que son plus grand désir avait
toujours été d'être délivrée de cette passion.

Au sujet des événements des derniers temps, elle disait
qu'elle était depuis huit jours très excitée, qu'elle avait
souffert du manque d'appétit, d'insomnie, car l'idée de
quitter la maison l'avait obsédée, qu'elle avait conçu une
passion pour une jeune fille qui était en pension chez sa
sœur, que cette dernière était entrée au mois d'août 1863, et
qu'elle l'avait aimée du premier coup. Elle avait essayé
de s'attirer la jeune fille par des flatteries, mais un jour
qu'elle était par hasard à côté d'elle, elle était devenue
tendre, l'avait embrassée et était tombée dans une excitation
génitale si forte qu'elle s'était oubliée au point d'avoir tenté
de toucher les parties génitales de la jeune fille. Comme
celle-ci résistait, indignée, et lui exprimait son mépris, elle
s'était retenue et lui avait demandé pardon. Cette aventure
arriva au mois d'octobre 1863. A partir de ce jour, la jeune
fille évita notre malade et la traita avec mépris, ce qui l'exci-
tait et la blessait. Elle essayait cependant de lui demander
pardon et elle dit qu'elle est restée parfois comme pétrifiée,
sans bouger, en regardant la jeune fille. L'excitation
augmentait de plus en plus ; notre malade pleurait et devenait jalouse au plus haut point quand l'objet de son amour
parlait à quelqu'un. Toutes les fois que la jeune fille riait, elle
se figurait qu'elle se moquait d'elle, elle voulait se tuer et
aurait tué en même temps l'objet de sa passion.

Le 24 mai 1864, un jour que cette jeune fille était malade
et étendue sur un canapé, et qu'elle lui offrait du thé, du
café, pour se rendre agréable, celle-ci répondit d'un ton
irrité à toutes ses avances, elle resta devant elle, pétrifiée,

sans bouger, muette : « Elle était trop belle ! » dit-elle ; et comme ensuite elle lui demandait pardon encore une fois, et n'implorait qu'un baiser, qu'un seul, la jeune fille se releva, en colère, et lui dit qu'immédiatement elle écrirait à sa mère et quitterait l'établissement : notre malade tomba à ce moment dans un état d'excitation effroyable. Dans cet accès de rage, elle révéla tout à sa sœur qui, de même que l'entourage, ne se doutait pas de son état. Elle disait : « Je l'aime passionnément ; je ne puis vivre sans elle. » Son état pendant les quelques jours qui précédèrent son entrée à l'asile, a été décrit par sa sœur.

La malade est une femme de taille moyenne, petitement charpentée, d'un extérieur peu agréable et insignifiant. La physionomie et l'habitus n'ont rien qui diffère du type féminin. La tête est petite et n'offre rien d'extraordinaire dans sa forme ; la chevelure est fournie comme d'habitude ; les oreilles ne présentent pas de difformités ; les deux côtés du visage ne manquent pas sensiblement de symétrie ; le nez seul tourne un peu à gauche, et, sur la lèvre supérieure, à droite, se trouve la cicatrice d'un bec de lièvre opéré par Diffenbach ; la voûte palatine et le voile du palais sont entièrement fendus et présentent une grande malformation. Il en résulte que le langage est nasal, et cependant compréhensible.

Hormis cela, pas de difformité visible à l'extérieur et rien aux parties génitales. Ses grandes lèvres sont entrebaillées, de sorte que les petites sont visibles ; le clitoris est de la longueur ordinaire ; l'hymen est intact et l'on peut à peine y introduire le bout du petit doigt ; la muqueuse externe est un peu rougie et l'hyperesthésie pendant la visite est très grande. L'exploration du vagin n'a pu avoir lieu à cause de la douleur que causait l'introduction du doigt. A la face interne des cuisses se trouve des égratignures où siégeaient, dit-elle, les démangeaisons.

On ne trouve rien dans les appareils de la circulation, de la respiration, de la digestion, de la défécation. Par contre, le malade se plaint de maux de tête dont elle souffre depuis environ quatre ans. Ces douleurs occupent toujours un point circonscrit au niveau de la petite fontanelle ; la malade dit qu'elle s'est donnée, il y a cinq ans environ, un coup violent à cet endroit. La pression sur ce point n'augmente pas sensiblement la douleur et on ne voit aucune cicatrice sur le cuir chevelu. Cette douleur s'accompagne d'une sorte d'étourdissement qui arrive par intervalles irréguliers et qui disparaît vite. Elle assure n'avoir jamais perdu connaissance. Les pupilles sont de même grandeur et réagissent bien. Il y a un peu de strabisme convergent. Rien aux organes des sens.

Le père de la malade s'est suicidé. Il avait joué, avait fait des dettes et pendant quelque temps avait été mélancolique. La sœur de la malade a expressément déclaré que ces dettes étaient sans importance et d'ailleurs entièrement couvertes. La mère est morte d'une maladie de poitrine. La malade dit que quand sa mère était grosse d'elle, elle eut une grande frayeur en embrassant quelqu'un. Il n'y a jamais eu de cas de bec de lièvre dans sa famille.

Pendant le séjour de deux mois que fit la malade à la section des aliénées, elle a été en apparence très tranquille. Elle s'est plaint souvent de maux de tête qu'on a vainement essayé de combattre. Elle se plaignait dans le premier mois surtout, d'excitation nerveuse, de démangeaisons aux doigts de pied et de sensations de froid et de chaud dans tout le corps, état dans lequel elle se trouvait souvent autrefois, à cause des contrariétés qu'elle éprouvait et que maintenant elle attribue à ce que son sommeil est souvent troublé par d'autres malades. Pendant les mois de juin et de juillet les règles sont arrivées régulièrement. Chaque fois après avoir duré un jour ou deux, elles se suspendaient pendant une journée ou une demi-journée pour reparaître peu de temps après. On n'a observé à cette époque aucune douleur, aucun symptôme nerveux. Pendant son séjour à l'asile, on a pu recueillir quelques indications relativement à son penchant particulier : elle a été surprise plusieurs fois embrassant tendrement une autre malade. Mais quand on l'accusait d'avoir recherché quelque chose d'indécent, elle repoussait le reproche avec indignation et elle déclarait éprouver une amitié pure et libre de tout désir vénérien pour cette malade qu'elle considérait comme méprisée par les autres et pour laquelle elle avait de la pitié. Quand cette malade sortit, elle fut très affectée du départ de sa « meilleure amie ». D'ailleurs elle demandait souvent sa sortie parce que disait-elle, elle n'était pas folle, et que si elle avait une maladie nerveuse, il fallait l'attribuer à l'excitation que les autres malades lui causaient. Elle ajoutait qu'elle viendrait avec plaisir aux visites du matin si on le désirait. Plus tard elle se plaignait d'être poussée à regarder le soupirail d'une cave; que cette obsession était très pénible pour elle, car autrefois on lui avait montré le cadavre de son père qui était déposé dans une cave de la Charité. Pour cette raison elle demandait sa sortie. Pendant tout le temps qu'elle fut en observation, on n'a pas remarqué d'état maladif ou des illusions plus prononcées.

On ne peut cependant s'empêcher de la regarder comme légèrement bornée d'esprit. Ainsi, la malade qu'elle appelait sa meilleure amie et dont le départ l'avait tant affectée pouvait montrer pendant quelque temps une apparence de santé morale, car elle parlait sensément et n'avait pas d'illusions extraordinaires, mais ses manières stupides et ses actes enfantins n'auraient pas échappé à une personne douée d'un jugement sain. Assez souvent, d'ailleurs, elle disait des choses qui dénotaient chez elle un défaut de jugement, et parmi celles-ci on peut compter la proposition qu'elle faisait et que nous avons mentionnée, de venir à la Charité à la visite du matin. Souvent elle se contredisait à peu de minutes de distance ; ainsi un jour elle se disait très bien portante et immédiatement après très malheureuse. Il a aussi été démontré clairement qu'ayant conscience de la nature pathologique de son penchant, elle ne pouvait pas se rendre exactement compte de tous les faits qui y ont trait. Elle se montrait très irritée et très injuste envers sa sœur; elle lui reprochait de la mépriser, de la maltraiter, de vouloir la gouverner, et elle ne semblait pas se rendre compte de la gravité du fait qui l'avait amenée à la Charité. Elle fut renvoyée le 28 juillet 1864. Pendant la plus grande partie des journées de la dernière période de son séjour, elle s'occupait tranquillement et diligemment à des travaux manuels avec d'autres malades.

Au mois de mai 1869, je suis allé voir cette malade pour me rendre compte de son état. Elle demeurait de nouveau avec sa sœur, et dans les mêmes conditions, après avoir passé quelque temps loin de Berlin à la campagne. Rien de semblable n'était plus arrivé; l'image de la jeune fille qui depuis longtemps demeurait très loin, lui apparaissait encore assez souvent, surtout à l'époque de ses règles et dans ses rêves. Elle a toujours une certaine inclination pour elle et sa figure s'anime quand elle parle des qualités de cette jeune fille. Elle m'assure n'avoir jamais essayé de se rapprocher d'autres jeunes filles. Par contre elle avoue qu'elle se livre de temps en temps à l'onanisme, et, comme autrefois, surtout au moment de ses règles. Elle m'a dit aussi, d'elle-même, qu'elle sentait une odeur désagréable quand elle réprimait son penchant. Au sujet de la nature de son penchant, elle s'est exprimée presque littéralement comme autrefois : « Je me sens presque comme un homme et j'aimerais bien en être un; j'ai de l'aversion pour les occupations féminines et j'aimerais bien avoir des occupations masculines ; ainsi, par exemple, la construction des machines m'a toujours intéressée.»

Elle m'a raconté son aventure avec la jeune fille de la même manière que la première fois. Comme autrefois, elle se plaint de maux de tête souvent très pénibles. Elle m'a prié de faire quelque chose contre cela. Le siège de ses douleurs est au niveau de la petite fontanelle assez profondément; la pression provoque peu de douleur; la peau même n'est pas plus sensible que sur les autres points de la tête. Pas d'anesthésie. Lorsqu'elle se peigne avec un peigne fin, les maux de tête se produisent, mais les douleurs siègent moins sur la peau que profondément, et cela surtout au point indiqué. Souvent ces douleurs empiètent sur le front et la tête est alors comme prise. « Dans ces moments-là, dit-elle, je suis si faible que je suis forcée de réfléchir longtemps pour savoir ce que je veux.» L'examen des parties génitales donne les mêmes résultats qu'autrefois ; la sensibilité au toucher est aussi grande, de sorte que la malade se plaint dès qu'on la touche un peu fortement. L'hymen est intact, mais légèrement rouge. Je fais remarquer que la malade se prêtait de bonne grâce à cette inspection, et ne montrait pas de cynisme ; aussi son état mental m'a fait un bonne impression ; elle se soumet volontiers au traitement médical. De sa sœur, dont elle avait toujours parlé en termes irrités pendant qu'elle était à la Charité, elle parle maintenant avec les marques d'une grande affection et d'une grande déférence ; elle n'a pas le plus petit reproche à lui adresser. Toutefois elle ne semblait pas comprendre parfaitement la gravité de son ancienne aventure, et elle attribue l'excitation qu'elle montrait à cette époque à la conduite de la jeune fille.

Fait important : elle déclare qu'à partir de la puberté elle a offert cette particularité d'être quelquefois forcée de regarder fixement un point déterminé, à un tel degré que les yeux lui en font mal ; quand elle a détourné ses regards de ce point, elle est pour ainsi dire forcée de les ramener. Quelquefois ce sont des personnes qui sont l'objet de ses regards obstinés, d'autrefois des choses quelconques ; elle ne sait pas toujours ce qu'elle a regardé. Elle déclare ne penser à rien pendant qu'elle fixe ainsi ses yeux sur un objet quelconque. Ce phénomène se produit principalement quand elle est mélancolique et dans quelque situation qu'elle se trouve ; ainsi cela lui arrive très souvent à table, dans la rue quand elle passe au milieu de la foule. Elle est forcée de fixer quelque chose et elle a le sentiment que l'on doit la remarquer ; elle se sent alors « très faible. » Aussi elle ne sort que quand il fait sombre pour être moins observée. Ces accès de mélancolie

surviennent toujours spontanément et avec une certaine pé-
riodicité : ils arrivent peu de temps avant et après les règles.
Elle est d'abord vive, loquace, et c'est à ce moment seulement
que son penchant pour l'onanisme la domine, ainsi que ces
inclinations pour les jeunes filles dont les images lui apparaissent très vives. Bientôt surviennent la mélancolie et un
état de stupeur ; elle a peu envie de parler et se laisse aller
à regarder un point fixe. Cet état de mélancolie dure une
huitaine de jours au moins. A cette période succède l'état
normal ; c'est alors qu'elle se sent bien et n'est pas forcée de
fixer. L'état de l'atmosphère semble l'influencer et les jours
sombres exagèrent sa mélancolie.

OBSERVATION II

(Extraite des *Ann. médico-psych.*, Vᵉ série. t XV, p. 446, 1876.
Legrand du Saule et Vidal).

Il y a deux mois à peine, nous avons examiné un jeune
homme de vingt ans, déjà licencié ès-lettres, à l'esprit très
orné, au caractère froid et morose, aux tendances contempla-
tives, misanthropiques et haineuses, qui recherchait volontiers la solitude, fuyait le monde et témoignait une répulsion
frappante pour la femme, en général, et pour tout ce qui
pouvait trahir une origine, une intervention ou une forme féminine. Il se sentait, au contraire, invinciblement attiré
vers l'homme, les images, les tableaux et les statues représentant des nudités masculines ; il possédait des planches
d'anatomie consacrées aux organes génitaux de l'homme et
aux annexes de la virilité, et il cherchait à apercevoir dans
la rue une partie du pénis de tout individu qui s'arrêtait pour
uriner ! Il fut appréhendé un jour, à la place de la Bourse,
dans un urinoir public abrité, alors qu'un vieillard et lui, à une
certaine distance l'un de l'autre, se montraient complaisam-
ment toutes leurs parties sexuelles. Ce jeune homme, fils

d'une mère hystérique, était affecté de phimosis et de microrrhidie légère. Une opération chirurgicale a dû être faite immédiatement, sur notre conseil ; mais, dans la crainte de quelque nouvelle catastrophe inexplicable, j'ai rédigé (c'est M. Legrand du Saule qui parle), et nous avons signé, M. Vidal et moi, une pièce médico-légale, avec date rendue authentique, établissant un état pathologique et une perversion génésique de l'ordre le plus anormal.

OBSERVATION III

(Extrait du mémoire de Julius Krueg, in *Brain*, t. IV, p. 368, 1881).

Un des derniers jours d'avril, un jeune homme entrait brusquement dans mon cabinet de consultation et me suppliait de lui donner au plus vite un remède quelconque, car il était très effrayé de ce qu'il venait d'avoir, disait-il, « une syncope. » Après quelques questions, je lui donnai de la teinture de digitale qui calma si bien son excitation, qu'il fut en état, un instant après, de me raconter l'histoire de sa maladie par fragments décousus, il est vrai, mais son frère, qui l'accompagnait, la compléta et la confirma. Voici en substance ce qui me fut raconté dans cet entretien et dans deux autres où j'ai eu l'occasion de le revoir.

N... appartient à une famille névropathique. Sa mère, qui est morte, était, pour ne pas dire plus, hystérique (elle était « très nerveuse » et par moments elle ne pouvait fixer ses regards sur « un objet pointu ») ; une sœur présentait la même particularité, et un frère s'était suicidé trois jours avant la première visite que me fit N... ; notre malade lui-même, en dehors de ses sentiments sexuels pervertis, présente des symptômes nerveux ; mais je crois qu'il est préférable d'y revenir plus tard.

N... se souvient qu'à peine âgé de six ans la vue d'un homme nu au bain lui procurait un singulier plaisir, qu'à cette époque il ne sut comment l'interpréter, mais qu'il reconnaît bien aujourd'hui avoir été une sensation sexuelle. A l'âge de neuf ans, il eut une grande frayeur causée par un chien méchant ; il en résulta que pendant cinq années de suite il souffrit de troubles nerveux, qui se manifestaient par de fréquents réveils et bavardages pendant le sommeil. Il n'eut jamais de convulsions. On lui fit quitter son pays à cause de la délicatesse de sa santé, et il vint en qualité d'externe près de Vienne dans une pension religieuse destinée aux jeunes garçons coupables de quelque méfait. Il ne tarda pas à y apprendre la pratique de l'onanisme qui était communément réciproque. A cette époque, il conçut un amour effréné pour un de ses camarades et les désirs vénériens et la jalousie vinrent jouer dans cette passion le rôle qu'ils jouent d'ordinaire dans les affaires d'amour. Il ne trouvait aucun plaisir aux jeux et aux occupations de ses camarades, et, en conséquence, y prenait peu de part.

De retour à Vienne, il embrassa la carrière du commerce et il dirige, en ce moment, de concert avec son frère, un magasin d'habits et de parures pour dames, un des meilleurs de la ville. Les chapeaux pour dames constituent sa spécialité, et il possède un goût et un talent si particulier pour créer de nouvelles modes et de nouveaux modèles que ses services sont de la plus grande valeur. Il fait dans le cours de l'année plusieurs voyages à Paris dans l'intérêt de son commerce, et chez lui, dans sa maison, c'est avec le plus grand plaisir qu'il travaille au milieu de vingt ou trente femmes ; son frère a la direction du comptoir de la toilette des dames ; N... ne s'y intéresse qu'en qualité d'amateur.

N... vit dans une position pécuniaire très favorable, et il a actuellement trente-trois ans ; il est donc naturel de supposer que de temps en temps il doit songer au mariage. Eh bien ! il n'éprouve aujourd'hui nullement le besoin d'avoir des enfants et de fonder une famille. Bien au contraire, il a une insurmontable répulsion pour toute relation sexuelle avec une femme. Son frère, il y a quelques années, le conduisit un beau jour dans une maison publique, mais la visite fut sans résultat ; il s'enfuit du mauvais lieu, le dégoût au cœur. Il passe sa vie au milieu de femmes et il a souvent appelé à lui l'aide de son imagination pour en obtenir un désir sexuel régulier ; maintes fois, à vrai dire, il s'est cru sur le point de réussir, mais au bout d'un instant, l'indomptable répulsion reparaissait. Une fois, il était presqu'engagé auprès d'une dame, mais l'invincible aversion n'était pas près d'être surmontée, et le mariage fut rompu avant qu'il eût pris les premiers engagements sérieux.

Pendant qu'il ressentait ainsi ce dégoût pour tout rapport sexuel avec le sexe opposé, il continua jusqu'à ces derniers temps ses manœuvres de masturbation, soit seul, soit avec d'autres hommes. Un de ses anciens camarades d'école vint à sa maison ; il fit aussi deux nouvelles connaissances. Il me confirme cette opinion, déjà à plusieurs reprises soutenue par d'autres, que les individus affectés de cette anomalie sont capables de la découvrir chez un autre. Aussi bien, son imagination s'acharne à s'arrêter sur son sexe seulement, quoi qu'il fasse, malgré tous ses efforts pour la diriger sur le sexe opposé. Dans ses rêves, ce sont des hommes qui lui apparaissent, ou des femmes qui en fin de compte se changent en hommes.

N*** s'est efforcé, à plusieurs reprises, de se conformer à l'usage naturel, et dernièrement il entreprit d'aller jusqu'à s'interdire tout rapport avec les hommes ; mais il constata alors chez lui une surexcitation mentale allant constamment *crescendo*, qui s'explique par ce fait qu'il éprouvait de violents désirs vénériens et qu'il n'avait plus les moyens de les satisfaire ; de plus, il a eu récemment à supporter une cause d'irritation psychique d'une autre nature. Un de ses frères, officier en retraite, vivant avec le reste de la famille, était pour elle un sujet d'ennui pour plus d'une raison. Il était pauvre, besoigneux, et partant d'un caractère hargneux et irritable. Trois jours avant sa visite, après une scène avec la sœur dont nous avons parlé, qui était hystérique, et nous pouvons ajouter, avare et d'humeur querelleuse, ce frère se suicida. Et de fait, quand je le vis, N... revenait précisément de la messe qui avait été dite pour lui.

N... se plaint également de sensations nerveuses variables, que la lecture d'un livre de médecine à l'usage du public lui fit regarder comme les symptômes prémonitoires d'une grave maladie nerveuse. Ainsi, il avait des élancements particuliers dans la nuque, qu'il prit pour un commencement de tétanos. Il avait hérité de sa mère la peur de tout objet pointu ; par exemple, il n'ose pas porter la main sur un ustensile contenant des épingles, bien qu'en raison de ses occupations l'occasion s'en présente souvent. Il se plaint aussi de perdre de temps à autres la faculté de diriger à son gré ses pensées. Des pensées se présentent qu'il est dans l'impossibilité de chasser. (Zwangsvorstellungen.) Ainsi, il est dans ce cas, quand, malgré ses efforts intimes contre ce fait, ses pensées les plus hautes et les plus élevées sont dissipées et éloignées par les plus impudiques et les plus basses. Prié de spécifier et de donner un exemple, il me dit à l'oreille, après une longue réflexion, que pendant le service de la Messe dite pour son frère, il ne put se défendre d'un certain rapprochement entre la Sainte-Hostie et l'anus d'un chien. et, comme il est un catholique croyant, on peut regarder de telles pensées comme un horrible sacrilège.

N... est un jeune homme chétif, de taille moyenne, ayant les organes génitaux normalement conformés. Quoique âgé de trente-trois ans, il n'a que très peu de barbe, qu'il rase d'ailleurs avec soin. Il est apprêté dans sa mise et son maintien. Pendant le récit de son cas, il allait et venait dans mon cabinet avec une allure surexcitée, sans négliger, toutefois de se regarder dans la glace chaque fois qu'il passait devant. Sa parole et ses gestes sont remarquablement théâtrals.

Un mois après cette visite, N... revint et me surprit en me disant qu'il avait été amoureux pendant quelque temps. Il me fut bientôt visible que cette histoire était une invention de son imagination. La dame à laquelle il faisait allusion, vivait à Paris et il ne l'avait pas vue depuis plus de six mois ; pour dire la vérité, il ne l'avait vue en tout que quelquefois et encore à de longs intervalles. L'excitation qu'il avait présentée lors de sa visite avait disparu en peu de jours, par l'usage de l'infusion de digitale, mais la passion sexuelle s'était encore accrue et il implorait de nouveau un remède contre elle. Il se plaignait en outre de sortes d'accès de vertige ; il avait eu quelques difficultés pour se rendre de son habitation à la station des voitures et il pouvait à peine se fier à la marche. Je le tranquillisai en lui assurant qu'il n'avait rien à craindre de ce côté, et je lui prescrivis du bromure de potassium.

Quatre jours après, il me fit une troisième visite. Les vertiges n'avaient pas reparu, mais il se plaignait toujours d'élancements dans la nuque. Les sensations sexuelles étaient quelque peu calmées ; mais il balançait entre deux doutes, ou trouver la voie naturelle ou retourner, ce qui serait le plus simple, à ses anciennes amours, si la lutte semblait devoir s'éterniser.

Le but de mon traitement fut, d'un côté, de tonifier son système nerveux, de l'autre de calmer ses désirs vénériens en apportant les plus longs intervalles possibles entre chaque satisfaction donnée à cet instinct. En admettant que j'y parvienne, tenterai-je de diriger son appétit vénérien dans le droit chemin ? Réussirai-je ? J'avoue que je me sens moins confiant dans l'avenir que dans mon malade.

OBSERVATION IV

Tendance névropathique des ascendants ; disproportion entre l'âge du père et de la mère. — Inversion du sens génital : dès l'enfance, sensations voluptueuses, et, depuis la puberté, parfois éjaculation à la vue d'un homme nu, d'une statue d'homme nu ou du souvenir obsédant de ces images ; — la femme laisse indifférent. — De cinq à huit ans, propension au vol. — Habitudes d'onanisme jusqu'à vingt-deux ans. — Attaques hystériformes à partir de quinze ans.

Voici tout d'abord le récit fait par le malade lui-même des phénomènes bizarres qu'il éprouve et qu'il rapporte à ce qu'il appelle sa sensualité :

« Ma sensualité s'est, dit-il, manifestée, dès l'âge de six ans, par un violent désir de voir des garçons de mon âge ou des hommes nus. Ce désir n'avait pas grand'peine à se satisfaire, car mes parents demeuraient près d'une caserne, et les soldats ne se gênaient pas pour laisser voir leur parties viriles. Un jour, j'aperçus (j'avais peut-être huit ans) un soldat qui se masturbait ; je l'imitai et j'éprouvai, à côté du plaisir de l'imagination qui s'arrêtait sur ce soldat, le plaisir physique d'un chatouillement très fort. Je continuai à me donner ce plaisir, toujours en excitant mon imagination par le souvenir d'hommes nus. Mes parents quittèrent N... pour s'établir à B...; là, je vis que des soldats allaient se baigner dans une petite rivière très pittoresque ; ils se baignaient complètement nus; j'imaginai, pour pouvoir me satisfaire, d'aller m'asseoir au bord de la rivière et de dessiner le paysage ; de cette manière, je voyais les soldats, sans avoir l'air de les regarder. Vers l'âge de quinze ans, la puberté arriva ; ma masturbation me donna d'autant plus de satisfaction; d'ailleurs, je provoquais l'érection et ses suites autant par l'imagination que par le mouvement ; il m'est arrivé plus d'une fois d'avoir l'érection, la convulsion amoureuse et la perte de sperme à la seule vue du membre viril d'un homme. La nuit, mon imagination travaillait et amenait les mêmes résultats.

« Je cessai absolument la masturbation à l'âge de vingt ans ; mais je ne suis jamais parvenu, malgré tous mes efforts, à arrêter les excitations de mon imagination ; les hommes jeunes, beaux et forts provoquent toujours chez moi une vive émotion ; une belle statue d'homme nu produit le même effet ; l'Apollon du Belvédère me fait beaucoup d'impresssion. Quand je rencontre un homme dont la jeunesse et la beauté provoquent ma passion, je suis tenté de lui plaire ; si je donnais libre carrière à mes sentiments, je lui ferais toutes les amabilités possibles, je l'inviterais chez moi, je lui écrirais sur du papier parfumé, je lui porterais des fleurs, je lui ferais des cadeaux, je me priverais de bien des choses pour lui être agréable. Jamais je ne me laisse aller à tout cela, mais je sens très bien que je serais capable de le faire ; je dois vaincre le désir que j'éprouve d'agir ainsi. Je sais dominer les envies dont je viens de parler ; mais je ne parviens pas à dominer l'amour lui-même ; cet amour heureusement ne me possède pas d'une manière continue ; je travaille, et les études me sont d'un grand secours contre les pensées sensuelles, mais souvent la sensualité l'emporte sur le travail, et je suis arrêté au milieu de l'examen très approfondi d'une question, par la représentation soudaine d'un homme nu dans mon imagination. J'ai toujours lutté tant que j'ai pu contre cette sensualité ; je suis parvenu à empêcher beaucoup d'actes auxquels je me sentais poussé, mais je n'ai jamais pu éteindre la sensualité même. La suprême satisfaction de cette sensualité n'a jamais été que la vue de l'homme nu, surtout de la verge de l'homme ; je n'ai jamais ressenti le désir de pénétrer dans l'homme ou d'être l'objet d'un homme. Regarder les parties génitales d'un homme beau et fort, telle a toujours été la volupté la plus grande pour moi.

Quant aux femmes, si belles qu'elles soient, elles n'ont jamais fait naître en moi le moindre désir. J'ai essayé d'en aimer une, espérant ainsi revenir à des idées naturelles ; malgré sa beauté, ses efforts, etc., je suis resté complètement froid et l'érection, si facile chez moi à la vue de l'homme, n'a pas même commencé. Jamais une femme n'a provoqué en moi la plus petite sensualité.

« J'adore la toilette féminine ; j'aime à voir une femme bien habillée, parce que je me dis que je voudrais être femme pour m'habiller ainsi. A l'âge de dix-sept ans, je m'habillais en femme au carnaval et j'avais un plaisir incroyable à traîner mes jupes dans les chambres, à mettre de faux cheveux et à me décolleter. Jusqu'à l'âge de vingt-deux ans, j'ai eu le plus grand plaisir à habiller une poupée; j'y trouverais encore du plaisir aujourd'hui.

Les dames s'étonnent de me voir si bien juger du plus ou moins de bon goût de leur toilette et de m'entendre parler de ces choses, comme si j'étais femme moi-même.

L'amour que je ressens pour un homme passe vite ; dès qu'un autre homme, plus joli à mes yeux, se présente, la pensée du premier disparaît.

Les pertes nocturnes semblent ne plus être aussi fréquentes qu'il y a quelques mois: il y a bien trois semaines que je n'en ai pas eu, mais je continue à avoir mes rêves ordinaires et à désirer toujours voir (rien de plus) des hommes nus. »

Tels sont, décrits par le patient qui en a pleine conscience, les caractères de l'obsession dont il ne peut s'affranchir.

Ce malade quel est-il ?

Au point de vue physique, cet homme, âgé de trente et un ans, est brun, grand, bien charpenté, il a le crâne régulièrement conformé, l'œil vif, le visage énergique et intelligent, malgré un léger prognathisme de la mâchoire inférieure et un développement assez considérable des oreilles. Il porte une moustache épaisse, bien plantée qui ne manque pas de lui donner une certaine allure martiale. Il se tient droit, la marche est ferme, même un peu raide et n'a rien de l'allure féminine ; il est d'ailleurs sexuellement très bien conformé ; le pubis est fourni de poils, les testicules et la verge offrent une conformation régulière, sans la moindre anomalie, il n'y a pas de trace d'hypospadias.

Sous le rapport de l'intelligence, c'est un esprit cultivé, instruit, très érudit ; il a toujours travaillé, s'est tenu constamment dans le premier rang, et après de fortes études classiques a conquis rapidement les grades universitaires qui l'ont conduit à trente ans au professorat dans une Faculté. Admirateur des œuvres d'art, adonné à la musique, il préfère particulièrement Chopin, Gounod, Delibes, Massenet, trouvant chez ces auteurs la note sentimentale qui lui convient.

La poésie de Victor Hugo, les descriptions de la nature de George Sand, ont pour lui les plus grands charmes.

Il est bienveillant, un peu complimenteur, d'un commerce facile, et s'estime heureux quand il peut rendre service à un ami ou faire du bien aux déshérités de la fortune.

Si nous reprenons l'histoire pathologique, nous verrons bien des ombres sur ce fond, en apparence si parfaitement uni. Tout d'abord les antécédents héréditaires montrent une grande disproportion entre l'âge du père marié à quarante-neuf ans et de la mère qui n'avait que dix-huit ans. Il est vrai que du côté paternel les oncles et le père lui-même atteignent un âge avancé, sans qu'aucun accident nerveux ait attiré l'attention. Quant aux ascendants maternels, on trouve chez le grand-père un défaut d'équilibre dans la conduite, dans le genre de vie, qui sans constituer la folie proprement dite, dénote les dispositions maladives que l'on retrouve chez les individus prédisposés aux affections mentales. Quoique notaire dans une petite ville, il menait une vie un peu agitée, il était en relations avec les célébrités artistiques de son temps, les recevait chez lui, entre autres la Malibran, dont il était l'ami ; il négligeait sa charge et finalement il avait été obligé de l'abandonner. La mère du grand-père s'était fait remarquer par son excentricité ; très aimable pour les étrangers, elle était dans son intérieur méchante et acariàtre. La mère, de mœurs pures, associant à une religiosité exagérée un goût prononcé pour la toilette, recherchait les choses voyantes, les grandes démonstrations et particulièrement les cérémonies à grand fracas.

Dans son enfance, il a eu la scarlatine, la coqueluche, qui ont guéri sans complication. De cinq à huit ans, le malade a présenté une propension au vol des mieux accusées, il prenait, sans aucun remords, à ses camarades, à ses maîtres, des plumes, des crayons, différents objets, qu'il emportait chez lui, mais sans les collectionner : un jour, il dérobe dans le bureau de son maître d'étude un encrier contenant de l'encre rouge, et au moment où il franchissait le seuil de la salle de travail, l'encrier tombe de sa poche, se brise, répandant le liquide révélateur de son larcin ; vivement ému de sa mésaventure, à partir de ce moment il a cessé de voler.

Les dispositions nerveuses de notre malade ne se sont pas seulement traduites par des troubles psychiques, des aberrations morales, il a offert aussi, de très bonne heure, des accidents convulsifs qui, par leurs prodromes, par leur marche et aussi la bénignité des phénomènes consécutifs ne s'opposant pas à la reprise immédiate du travail, se rattachent à l'hystérie plutôt qu'à l'épilepsie.

Les crises remontent à l'âge de quinze ans ; d'abord très rares, elles sont devenues plus fréquentes en 1869 et 1870. Elles sont précédées par une excitation cérébrale qui, empêchant le malade de fixer une idée et de s'y arrêter, lui fait dire autre chose que ce qu'il voulait dire. Il lui semble que la pensée qu'il veut émettre est déjà remplacée par une autre avant qu'il ait eu le temps de l'exprimer ; en d'autres termes, les idées se précipitent avec une telle rapidité qu'il lui est impossible de s'y arrêter. Il a du reste conscience de cet état.

Les phénomènes précurseurs durent plus ou moins longtemps ; exceptionnellement même, tout s'arrête là et un sommeil profond vient enrayer l'accès. Quand l'attaque arrive, c'est le fait le plus habituel, elle se produit toujours dans la matinée, mais à des heures différentes. Un jour par exception la crise eut lieu l'après-midi à la suite d'une émotion.

D'après le dire d'une parente qui demeure auprès du malade, au moment de l'attaque, celui-ci pousse un cri, perd connaissance, se raidit, présente ensuite des secousses dans les membres, les yeux se convulsent, les mâchoires s'entrechoquent et si l'on ne mettait un linge mouillé entre les dents, les lèvres et la langue seraient mordues presque chaque fois, ce qui arrive du reste malgré les précautions prises ; de l'écume se montre aux lèvres et la face s'inonde de sueurs.

Après l'attaque, survient un sommeil profond. Une seconde attaque se produit trois heures environ après la première, puis une troisième, trois heures environ après la seconde ; quelquefois, enfin, une quatrième. Ces quatre attaques se répartissent sur un jour et demi ; le lendemain du jour où le mal a commencé vers midi, le trouble de l'intelligence et le battement des paupières cessent. Une grande fatigue suit la crise, l'appétit reste bon, il y a même une sensation de faim. Pendant deux ou trois jours les urines sont rougeâtres et épaisses. Il reste un peu de tristesse, motivée surtout par le chagrin que paraît chaque fois témoigner l'entourage, du retour de ces accidents ; d'ailleurs l'intelligence est libre et peut être appliquée tout aussitôt à une occupation sérieuse, comme si rien n'était advenu. Le début de ces accidents remonte à 1865 ; jamais, avant cette époque, on n'avait remarqué de phénomènes convulsifs. Dans les premières années, les intervalles furent fort longs, ils étaient de plus d'une année ; en 1869 et 1870, les accès devinrent plus fréquents. Depuis 1870, les crises sont espacées de trois mois, de deux mois, et, par exception, de trois semaines seulement.

Une disposition d'esprit qui s'exagère parfois après les attaques, c'est le désir de compter et de recompter plusieurs fois de suite les fleurs, les lignes, les clous, les carrés, les petits détails, en un mot, d'une tapisserie, d'un écran, d'un plafond, d'une décoration quelconque.

Les convulsions ne semblent pas exercer d'influence sur les troubles intellectuels, après lesquels d'ailleurs, elles se sont développées et qu'elles n'ont pas modifiés, malgré leur fréquence plus grande depuis quelques années.

D'après la note précédemment citée, rédigée en juin dernier par le malade, celui-ci paraissait absolument esclave de ses appétits anormaux ; cette disposition morale s'est sensiblement modifiée depuis cette époque. Déjà, au mois d'août, il racontait qu'il s'était aperçu que la vue d'une femme ne le laissait pas indifférent ; en septembre, sur nos conseils, il s'était efforcé de substituer, dans ses souvenirs, la femme à l'image obsédante de l'homme nu.

Il l'avait tenté à plusieurs reprises, mais il était tenu à de grands efforts de volonté pour que son imagination ne le portât pas vers son objet de prédilection. Enfin, au commencement de septembre, ayant remarqué moins de résistance de son esprit à s'arrêter à l'idée de la femme et ayant même éprouvé une certaine satisfaction à la regarder, il a fait une tentative dont il est sorti victorieux. C'est sans effort qu'il a pu avoir, à plusieurs reprises, des relations avec une femme, éprouvant d'ailleurs les émotions voluptueuses habituelles. L'effet moral a été excellent; il a eu du repos quelques jours, mais obligé de quitter Paris et réduit à lutter par la raison seule contre ses obsessions, il sent, dit-il, parfois ses idées devenir antinaturelles.

En dehors de l'hygiène physique et morale à laquelle le malade a été soumis, nous avons eu recours aux pratiques hydrothérapiques, affusions froides et douches, et au bromure de potassium, qui a diminué l'intensité et la durée des crises, mais non la fréquence.

Les observateurs ajoutent que depuis un an une amélioration très sensible s'est produite ; les attaques sont devenues de moins en moins fréquentes, au point d'avoir laissé entre elles un espace de six mois, et depuis longtemps il n'y a pas eu de nouvelle crise. Mêmes améliorations au point de vue intellectuel; les nuits ont été traversées par des rêves voluptueux ayant la femme pour objet; le malade a tenté avec succès des approches sexuelles ; il en est arrivé à former des projets de mariage.

OBSERVATION V

(Extraite et résumée du mémoire de G. Cantarano *Contribuzione alla
casuistica della inversione dell' istinto sessuale, la Psichiatria,
la Neuropatologia.* — Anno, fascicolo 3, 1883.)

Il s'agit d'une jeune femme de vingt ans, fille d'une
mère phthisique, ayant d'autres cas de tuberculose dans sa
famille et ayant un frère adonné à l'ivrognerie. Dès son enfance
elle a présenté un caractère capricieux et irascible ; toute
petite, elle s'échappait de la maison paternelle. Elle se montrait très peu apte aux travaux intellectuels ; ainsi à l'école,
elle n'apprit jamais à lire. Sa passion de vagabondage s'ac-
crut avec l'âge. Son corps avait l'apparence et les contours
féminins, qu'elle n'avait pas honte de passer la nuit hors de
la maison.

Enfermée dans un asile de filles repenties, elle déclare sa
première affection à une fille d'habitudes dévergondées,
se lie intimément et cohabite avec elle comme si elle était un
homme. C'est là qu'elle fut menstruée pour la première fois
à l'âge de quinze ans.

Profitant d'une occasion, elle reste plusieurs jours habillée en homme. Elle s'échappe pour se livrer au libertinage,
essaie de revenir chez son père, reste un jour à la maison,
puis sans motif y met le feu et fait peser l'accusation sur son
frère.

Nouvel essai de réintégration dans une maison de
retraite ; nouvel insuccès. Confiée à une tante, elle s'échappe
de la maison habillée en homme, les cheveux coupés, et va
dans une maison de plaisir demander avec insistance à voir
une de ses anciennes amies. Une autre fois, vêtue en homme,
elle est arrêtée par les gardiens de la questure. L'officier
sanitaire constate à ce moment qu'elle est vierge et la fait
reconduire chez son père. Elle s'enfuit de nouveau et
de nouveau est arrêtée en habits d'homme, c'est à la suite de

cette équipée qu'on la met dans un asile d'aliénées : ici amourettes sentimentales avec une malade et des gardiennes.

Elle sort de là entourée de gardiens chargés d'exercer sur elle une surveillance spéciale. Elle a une voix de femme, parfaitement conscience de son état, et déplore d'être née femme. Elle n'a aucun sentiment de famille, de religion, de pudeur. Elle ne rougit jamais. Sa mémoire est faible ; tous ses instincts féminins sont invertis. Elle n'aime pas la vie domestique, ne sait pas porter des habits de femme, n'a aucune disposition pour les travaux de son sexe.

Pas d'anomalies des sens. — Crâne mésaticéphale (Ind. ceph. 79,76) petit (circ. 520) avec du prognathisme (Ang. fac. 71°) Hymen intact. Le clitoris de grandeur ordinaire est complètement recouvert par le prépuce. — Mamelles assez volumineuses et fermes. Menstruation irrégulière.

OBSERVATION VI

(Extraite du mémoire de M. Magnan, *Des anomalies, des aberrations et des perversions sexuelles*, *Ann. médico-psych.*, 7e série. t. I, p. 461.)

Le second *sexuel interverti* que j'ai vu offrait beaucoup d'analogie avec le précédent (Observation IV). C'était un ingénieur de trente-sept ans, assez intelligent, mais d'un esprit moins délicat et moins cultivé que le précédent. Une disproportion d'âge existait entre le père, qui s'est marié à 51 ans, et la mère, qui n'avait que dix-huit ans ; une tante maternelle était morte folle.

Dès l'âge de cinq ans, il avait une érection dès qu'il entendait fouetter ses camarades, et l'organe génital augmentait s'il apercevait les fesses des enfants exposés aux sevices du maître ; c'est ainsi, à ce qu'il paraît, qu'on punissait dans son pays l'indocilité des écoliers.

Deux ans après, il s'est livré à l'onanisme, et le souvenir

des coups de fouet appliqués sur les fesses produisait une certaine volupté.

A seize ans, ayant l'occasion fréquente de se trouver en compagnie de jeunes filles, il restait froid et indifférent; il était, au contraire, souvent ému et vivement excité auprès des garçons.

De dix-sept à vingt ans, malgré les manœuvres complaisantes de quelques femmes, il a été incapable de cohabitation. Par contre, la vue des nudités de l'homme, et particulièrement de la région fessière, provoquait en lui une grande excitation. Devenu, dit-il, amoureux d'un garçon de son âge, il l'a poursuivi de ses assiduités et a fini par le posséder. Ils se livraient ensemble à des attouchements réciproques, suivis d'introduction digitale à l'anus ou bien de pédérastie.

A trente ans, vivement préoccupé de son éréthisme contre nature et de la frigidité dans les relations normales, il s'est soumis, sur le conseil d'un médecin, à un long traitement par l'application de courants continus à la moelle. Ce traitement local qui négligeait la cause première, n'a modifié en rien la perversion sexuelle.

Agé actuellement de trente-sept ans, il vient de se marier. Il est resté impuissant à côté de sa jeune femme et quoiqu'il l'ait prévenue, dit-il, avant le mariage de l'éventualité d'un pareil résultat, cette situation l'inquiète, le tourmente et le porte aux idées les plus noires.

Comme la plupart de nos malades, celui-ci, en dehors de l'anomalie dont-il est question, a présenté d'autres troubles nerveux. Il est très impressionnable et il est certains bruits qui l'affectent vivement. Il devient, dit-il, chair de poule et il prend la fuite en entendant frotter un crayon sur une ardoise ou contre un mur; l'approche seule du crayon contre la muraille le fait pâlir. En outre, à plusieurs reprises, depuis une quinzaine d'années, il a éprouvé des périodes de dépression avec tendances au suicide et, parfois aussi, des phases d'excitation avec idées de satisfaction, mais sans alternance régulière entre ces deux états.

OBSERVATION VII

(Consultation médico-légale. — Observation inédite et type
de consultation médico-légale.)

Je, soussigné, Jean-Alexandre-Eugène Lacassagne, professeur de médecine légale à la Faculté de Médecine de Lyon, médecin expert des tribunaux de cette ville, y demeurant, rue Bourbon, 8, certifie avoir visité et examiné depuis le 26 août 1883, sur sa demande et sur la recommandation de deux de mes collègues de l'Université de Bucharest, M. Georges X***, de Sofia (Bulgarie), à l'effet de rechercher et de dire l'état mental dans lequel il se trouve, et s'il est possible, le même état de ses facultés cérébrales pendant les dernières années de sa vie, et spécialement au moment des faits délictueux qui lui sont reprochés. Après une observation attentive qui s'est prolongée pendant plus de deux mois et demi, grâce aux renseignements divers qui nous ont été fournis et dont une enquête pourra facilement contrôler la véracité, je certifie donner ici mon avis en honneur et conscience.

1° M. Georges est né le 8 mai 1849. Il était, il y a encore quelques mois, avocat et notaire de profession dans sa ville natale. Ses père et mère sont encore en vie; il a un jeune frère de 15 ans; plus deux sœurs, l'une âgée de 23 ans, et l'autre, qui est l'aînée, est âgée de 28 ans et mariée. M. Georges père, que nous avons vu plusieurs fois, est actuellement âgé de 65 ans; il paraît jouir d'une excellente santé morale et physique, et il n'y a point de son côté d'antécédents héréditaires. Il n'en est pas ainsi de la ligne maternelle : les parents ont eu un tic ou une originalité extraordinaire, une variabilité d'humeur remarquable; un frère et une sœur du grand-père maternel de M. Georges étaient « imbéciles, » l'un toujours gai, l'autre toujours maussade et boudeuse; l'un et l'autre étaient en butte, dans la rue, aux tracasseries des enfants, qui s'amusaient d'eux et appelaient la bonne femme du nom caractéristique de

Notre-Dame du Grenier, parce qu'elle passait la plus grande partie de son temps accroupie dans un coin du grenier.

Mᵐᵉ Georges mère, au dire de son mari, est d'«un tempérament lymphatique et a une grande délicatesse de nerfs. » Il ne nous paraît pas douteux, d'après les renseignements qui nous sont fournis, que cette dame fût atteinte d'hystérie au moment de la grossesse qui fut suivie de la naissance du fils Georges; c'est ainsi qu'en 1846, elle accoucha deux mois avant terme par suite d'un accident; tout cela provoqua un véritable désordre dans la santé de cette dame. Vers la fin de 1847, elle fit une fausse couche. Une affection de matrice se déclara; il y eut prolapsus de cet organe : d'où nécessité d'un pessaire. Cet appareil ne fut pas porté avec tous les soins désirables, et, dit M. Georges père, « il amena ma femme à un état de crise nerveuse terrible qui faillit l'emporter. Un médecin, mandé en toute hâte, dut faire l'extraction du pessaire et employer des calmants. Dès lors ma femme tomba dans l'assombrissement, dans un état morose, son corps devint brûlant, notamment la tête et les mains. Elle pleurait fréquemment; sa gaîté toute joviale du jeune âge fit place à un état d'ennui, d'hypocondrie; elle fut soignée par le Dʳ K...

En mai 1849, eut lieu la naissance de mon fils, soumis à votre examen. Il est bon encore de noter que l'accouchement, extrêmement laborieux, faillit coûter la vie à la mère, et, ajoute M. Georges père, l'enfant naquit avec un état de congestion de la tête, caractérisé par deux rougeurs longitudinales de 5 à 6 centimètres, qui siégeaient sur le front.

En résumé, les anamnestiques que nous venons de relater étant supposés exacts, il ne nous paraît pas douteux que si M. Georges a, dans ses aïeux, une tare dont il est difficile de bien apprécier l'importance, il semble en même temps à peu près certain qu'il est le fils d'une hystérique ayant présenté les signes caractéristiques de cette névrose.

2° Nous allons maintenant donner quelques renseignements sur les faits principaux qui se sont passés pendant l'enfance

et la jeunesse de notre sujet. Nous le suivrons même pendant
sa vie universitaire et nous expliquerons quelle était sa
situation à Sofia jusqu'aux premiers mois de l'année 1883.

. Vers l'âge de quatre ou cinq ans, il fut victime de la
mauvaise plaisanterie d'un camarade qui s'était déguisé
pour lui faire peur. Il eut en effet une très grande frayeur
qui amena aussitôt un bégayement très accentué et dont il
ne se débarrassa véritablement qu'à l'âge de 17 ou 18 ans.
Ses professeurs, ses camarades ont constaté cette infirmité
qui paraissait le faire beaucoup souffrir. Aujourd'hui encore,
mais très rarement, il lui arrive, en société, d'éprouver
quelques difficultés dans la prononciation de certains mots:
il n'en est pas ainsi lorsqu'il parle en public : la parole est
alors aisée et même facile. A cette secousse morale suivie
du trouble dans la parole, il faut ajouter deux accidents qui
ébranlèrent fortement le système nerveux. Vers l'âge de 7 à
8 ans, il fit une chute très grave dans l'escalier de la maison,
chute qui détermina une blessure à la tête, et, quelque
temps plus tard, une poutre servant à fermer la porte co-
chère d'une maison — poutre au bout de laquelle était une
armature en fer — vint le frapper violemment encore à la
tête et déterminer une blessure profonde dont on peut encore trouver la cicatrice douloureuse en arrière du vertex.
Depuis ces accidents, M. Georges n'a cessé de souffrir de
maux de tête ; ceux-ci ont été violents, presque sans trêve,
empêchant même quelquefois à l'école toute espèce de travail, provoquant de l'insomnie, déterminant des accès de
tristesse, et sans doute, ces accès de lubricité et de perversion génitale sur lesquels nous aurons à nous expliquer
longuement. M. Georges fit assez brillamment ses études dans
une institution importante de la Bulgarie ; en 1873, il rentra
dans sa famille. Quatre mois après, en décembre 1873, à
l'âge de 24 ans et demi, il était nommé à des fonctions mu-
nicipales importantes et, en cette qualité, chargé d'importantes
attributions et entre autres, de la direction des Ecoles. Dix
mois après, on le désignait pour la vice-présidence de l'as-

semblée dont il faisait partie et en mars 1876 était élu sénateur.

En resumé, il ressort de ces faits que, sur un terrain prédisposé par une influence maternelle défectueuse, il est survenu des traumatismes crâniens graves qui ont déterminé des signes physiques et des troubles cérébraux qui permettent d'expliquer la perturbation morale dont nous aurons à rendre compte.

3° Il nous faut maintenant passer successivement en revue les différents organes ou les fonctions diverses qui ont été le siège de certains troubles. C'est ainsi qu'après avoir étudié la situation organique passée et la santé physique actuelle, nous pourrons mieux juger de l'état des facultés mentales.

Sans avoir fait de graves maladies, M. Georges a néanmoins toujours été souffrant.

a) M. Georges déclare qu'il a, dès sa plus tendre enfance, souffert de maux de tête qui ne cessent, pour ainsi dire, jamais. La douleur est continue. Certains travaux, tels que de longues courses, le séjour prolongé dans un salon, l'absorption de liquides alcooliques, du vin même, augmentait ses cephalées. Il lui semble que la tête est toujours en feu, il éprouve une sensation de tiraillement, de craquement ou de serrement au sommet de la tête ; d'autrefois il a la sensation de brûlure, d'incision par un instrument tranchant, de constriction dans un étau, ou bien d'un poids énorme pesant sur le vertex. Dans ce dernier cas, il se sent alors comme écrasé et hébété. Les mêmes douleurs se montrent au front, à la nuque, aux tempes mêmes où alors il se sent fortement battre les artères. M. Georges a eu souvent de véritables migraines très pénibles, durant plusieurs jours, provoquant des vomissements, l'obligeant à interrompre tout travail et à garder le lit.

b) Un autre symptôme pathologique aussi grave et peut-être plus pénible encore est l'insomnie. Pour M. Georges on peut dire, sans exagération, que l'insomnie est la règle et le sommeil l'exception. L'insomnie a existé de tout temps. En général, le sommeil ne se montre que quelques heures après le séjour au lit et ce sommeil est toujours léger et fréquemment interrompu, agité et accompagné d'abondantes sueurs. Il dit que la chemise est parfois complètement mouillée. Si M. Georges se reveille de bonne heure le matin, il quitte avec peine son lit parce qu'il se sent fatigué et comme anéanti ; il prétend qu'il lui arrive souvent de passer trois ou quatre nuits consécutives sans fermer les yeux ; de là, croit-il, des lourdeurs de tète pendant le.. jour et un état d'assoupissement et de prostration qui le rend incapable de tout, même de penser.

c) Les organes des sens et la face ont présenté certaines particularités importantes : c'est ainsi que les maux de tête s'accompagnent d'étourdissements et de vertiges. Plusieurs fois il a été obligé de s'appuyer pour ne pas faire de chute. Au conseil de révision, il paraîtrait qu'il a été reconnu qu'il avait une acuité visuelle d'un demi. Les céphalées s'accompagnent aussi d'un clignement continu des paupières et d'une certaine fixité du regard. Il a aussi d'autres tics, tels que des contractions fréquentes dans le côté droit de la face. M. Georges constate qu'involontairement il gesticule beaucoup trop et que ses bras sont toujours en mouvement. Il éprouve d'ailleurs le besoin de tirailler constamment sa moustache et de s'arracher les poils; ceux-ci, soit dit en passant, blanchissent vite, sont cassants, divisés en pinceau à leur extrémité et tombent facilement. Il existe encore pendant la marche, un tic nerveux qui provoque un mouvement d'épaule qui s'accompagne, en toute saison, d'une sensation de frisson courant le long de la colonne vertébrale. M. Georges a, paraît-il, souffert des oreilles. En avril 1876, il fut atteint d'une demi-surdité dont la cause, d'après le père, doit être attribué à un coup de sang, résultat d'une insolation. Quoi qu'il en soit, le matin à son réveil, M. Georges, qui pendant la nuit avait éprouvé des bourdonnements dans l'oreille gauche, trouva son traversin teint de sang. Il y a souvent des tintements, des bourdonnements, sensation de jet de liquide chaud et, par suite, de la difficulté dans l'audition. Les pavillons des oreilles se congestionnent très facilement et à la moindre cause.

d) La langue est le plus souvent chargée, blanchâtre, bien que les dents soient en excellent état. M. Georges a conservé des habitudes de pension; il mange bien vite, d'où gastralgie, souvent nausées et même vomissements. La constipation est ordinairement la règle.

e) Il a eu presque toujours une petite toux sèche; il a fréquemment des baillements nerveux; il existe quelquefois dans la poitrine une sensation vague « comme si quelque chose se décrochait. »

Les battements de cœur sont très fréquents, les palpitations pénibles avec même sensation d'angoisse.

Du côté des membres supérieurs, il y a des tremblements; les jambes donnent souvent la sensation de faiblesse et il éprouve la sensation de lourdeur, d'harassement comme après une longue course. Si la tête est toujours brûlante, les pieds sont constamment gelés : en été même, dès que le temps se rafraîchit, les pieds deviennent froids; d'ailleurs, d'une manière générale, M. Georges est très frileux et se couvre toujours énormément.

Malgré les abus génésiques faits par M. Georges, la verge même en état d'érection, n'est pas volumineuse et n'a aucune vigueur; il y a du côté de cet organe un état d'affaiblissement et de débilité qui tient à la fréquence des pertes séminales. D'après lui, ces pertes ont commencé dès la quinzième année et se sont répétées depuis en moyenne deux fois par semaine; quelquefois pendant plusieurs jours de suite et même jusqu'à trois fois dans la même nuit. Si fréquemment il se lève pour changer de linge, d'autrefois les éjaculations ont lieu sans qu'il se réveille et ce n'est que le matin qu'il s'aperçoit de ces émissions de sperme presque toujours très abondantes. Il paraîtrait même que ces pollutions se produisent pendant le jour en allant à la selle, en faisant un effort quelconque, et même l'affaiblissement est tel qu'elles peuvent avoir lieu sans aucun effort, lorsqu'il se promène ou est en état d'immobilité. Il y a aussi quelques troubles du côté de l'urination : ainsi, il est obligé, chaque nuit, de se lever plusieurs fois pour uriner ; le liquide ne s'écoule que goutte à goutte et souvent avec douleur ; de plus, il doit toujours attendre quelques secondes avant que le premier jet d'urine se montre ; ce sont probablement là des signes d'irritation du col vésical. D'ailleurs, lorsqu'il va à la selle, la défécation s'accompagne toujours d'urination.

4° Voici ce que nous a appris l'examen que nous avons fait de l'état physique de M. Georges. Donnons d'abord quelques renseignements anthropométriques.

Taille debout.....................	1ᵐ 67
Grande envergure................	1. 71
Taille assise.....................	0. 85
Diamètre ant.-post. de la tête.......	0. 18
D. bi-pariétal maximum........	0. 15
Indice céphalique.................	84. 44
Circonférence de la tête..........	0. 56
Courbe bi-temporale..............	0. 38
Courbe ant.-post. de la tête........	0. 36
D. minimum frontal...............	0.141
Hauteur du front.................	0.076
D. bizygomatique	0.045
Long. de la symphyse du menton au conduit auditif externe	0.133
Long. du menton à la racine du nez..	0.122
Long. du menton à l'occipital........	0. 20
Long. du menton au vertex.........	0.341
Angle facial.....................	72. »

M. Georges est un dolychocephale ; la face est allongée, les cheveux bruns, la barbe forte, l'œil brun orangé ; il a une très belle denture complète, mais avec un certain prognathisme du maxillaire. La voûte palatine est un peu ogivale ; il n'y a rien à la luette. Le système pileux est très développé à la poitrine, sur l'abdomen ; les organes génitaux sont normaux, la verge petite, à gland découvert, scrotum gros ; rien aux testicules. Les mains sont petites ; rien à noter aux membres inférieurs et aux pieds.

La *tête* présente, en arrière, à un travers de doigt à droite du vertex, une cicatrice longue de 4 à 5 m/m. et un peu douloureuse. L'*œil* droit a une acuité visuelle diminuée de moitié ; la vue est excellente à gauche. Il existe un peu de saillie des globes oculaires, une exophthalmie qui, cependant, n'a pas été remarquée par le sujet. Il existait, paraît-il, autrefois, de la dilatation des pupilles que nous ne constatons pas maintenant. Notons de suite, pour rapprocher ce symptôme de celui de l'œil, une légère hypertrophie de la glande thyroïde ; la circonférence du cartilage thyroïde, est de 38 cm. et demi. Les pavillons des *oreilles* sont normaux, l'audition paraît meilleure à droite qu'à gauche ; le tic tac de la montre s'entend à 25 cm. à droite, à 22 cm. à gauche ; cependant les bourdonnements sont plus marqués à droite. Il n'y a pas de perforation du tympan. On se rappelle que c'est de ce côté qu'eut lieu, en 1881, un écoulement sanguin. Il existe un tic du côté droit de la face ; il y a soulèvement de la commissure de la lèvre de ce côté et clignement constant des paupières. L'examen de la *poitrine* montre, du côté des poumons, que la respiration est pleine et régulière ; le cœur est un peu volumineux ; la matité est augmentée ; il y a un premier temps rude à la pointe, doux à la base et se prolongeant dans les vaisseaux du cou ; le pouls est normal, de 76 à 80 pulsations par minute. Si l'on tient compte des palpitations et que l'on rapproche de cet état du cœur l'exopthalmie et le goître commençant, on peut se demander si on n'a pas là un ensemble symptômatique rappelant ce qu'on observe dans la maladie de Graves ou de Basedow ; dans tous les cas, ce sont des phénomènes en rapport avec des troubles nerveux, tenant à un défaut de l'action du sympathique.

L'appétit est conservé ; les selles sont normales avec tendances à la constipation ; rien de particulier du côté de la cavité abdominale et voici le résultat de l'examen qui a été fait au milieu de septembre 1884, de l'urine de M. Georges. Les recherches en ont été faites dans notre laboratoire par un de nos élèves, M. Florence, chef des travaux chimiques, à la Faculté.

Examen d'urine. — Volume en vingt-quatre heures, non indiqué. Il nous a été remis 750 gr. couleur. — Répond au n° 2 de l'échelle de Vogel : citrine normale. Aspect : après un repas d'une heure, l'urine, d'abord légèrement trouble, s'est éclaircie et est devenue d'une limpidité parfaite.

Dépôt ; examen microscopique : petit nuage léger de mucus, très floconneux. Ce dépôt, recueilli et examiné au microscope, ne nous a montré de particulier qu'une assez grande quantité de petits cristaux d'*oxalate calcique*. Pas d'hématies, pas de cylindres, pas de pus ni d'acide urique. Très rares cellules épithéliales plates.

Consistance normale : fluidité ordinaire, filant très facilement.

Odeur normale.

Réaction franchement acide.

Densité déterminée par la méthode du flacon, 1,027 (Norm., 1,018-1022. — Substances dissoutes.— 20^{cmc} ont été évaporés dans une étuve, au bain-marie. Ce résidu, rapporté au litre, répondait à 56 gr. 2 (N = 48-52). Ce résidu calciné dans une capsule en platine nous a laissé les matières minérales, P au litre = 17,50 (N. = 10).

Urée.—Dosage de l'urée a été fait dans l'appareil d'Auncy et décomposé par l'hypobromite de soude. Le poids obtenu par litre.= 25,40 (N = 13-24).

Acide urique. Par litre = 0,55 (N = 0,50-0,70).

Phosphates. Le dosage des phosphates a été fait par précipitation, au moyen de la mixture magnésienne, pesé ensuite sous forme de pyro-phosphate de magnésium. La quantité, au

litre, répondant à 1°7980 à l'acide phosphorique (N = 1,00).
Mucine. Albumine. Sucre. Mat. grasse — néant.

Conclusion. — Urine normale, mais *concentrée*, plus
chargée que d'habitude, notamment en phosphate et urée.

5° Nous abordons maintenant l'étude des facultés mentales.
Ainsi que nous en avons l'habitude, nous étudierons successivement les instincts : l'intelligence, l'activité, ou, comme
on dit vulgairement, les qualités du cœur, de l'esprit et du
caractère.

a) *Les instincts.* — Ils prédominent chez M. Goorges, nature essentiellement personnelle ; le plus puissant est l'instinct
génésique. Sous ce rapport, non seulement on constate une
excitation de celui-ci, mais même une perversion ou, si l'on
veut, une inversion, selon l'expression adoptée par quelques
auteurs. Cette passion sexuelle est devenue sa préoccupation
dominante, son unique pensée, le but de tous ses désirs.
Tout jeune, avant même d'aller au collège, il y a eu, parait-
il, une excitation de cet instinct, et M. Georges s'est livré
sur lui-même ou sur des camarades à des attouchements. Ce
qu'il ressentait pour ses compagnons de plaisir, ce n'est pas
seulement de l'amitié, mais un véritable amour qui l'obsédait
constamment jour et nuit et devenait l'unique objet de ses
pensées. Des images lascives se présentaient pendant les
rêves ; toujours l'imagination était en campagne, et ces idées
lascives déterminaient de fréquentes pertes séminales. Ces
pratiques amoureuses se sont continuées pendant la vie de
collège et à l'Université. Les fonctions de directeur des Ecoles, dont il fut chargé dans son pays, le mettant fréquemment
en relation avec un grand nombre d'enfants ou de jeunes gens,
donnèrent un aliment nouveau à cette funeste passion. Il est
très probable, ainsi que nous le disait M. Georges, que quelques-uns de ces élèves avec lesquels il a eu des relations n'ont
pas fait avec lui l'apprentissage de ces plaisirs inavouables, et
que beaucoup avaient déjà contracté dans le milieu scolaire
ces funestes habitudes, qui paraissent, pour les hommes comme

pour les animaux, être la triste résultante de l'agglomération
des mâles. D'après ce qu'il nous raconte, il semblait bien
qu'en 1883 et au commencement de 1884, l'excitation génésique était tellement grande chez M. Georges qu'il y avait
alors comme des impatiences, des désirs insatiables que ne
pouvaient réprimer ni les sentiments d'honneur, ni la position
élevée, la situation sociale, l'œil vigilant des ennemis politiques, ni le respect même de la maison où se passèrent ces
scènes lubriques. A son âge, M. Georges n'a jamais eu encore le désir ni cherché l'occasion d'avoir des rapports avec
des femmes ; il ne se sent aucune inclination pour le mariage,
et, sous un prétexte ou sous un autre, il a toujours éludé les
propositions faites par sa famille. En résumé, M. Georges a
une excitation génésique pathologique, et, de plus, il y a inversion de cet instinct ; il est ce que nous appelons un hermaphrodite moral. Les autres renseignements que nous allons
donner de ses différentes facultés montreront l'excitation de
quelques-unes d'entre elles, la diminution de quelques autres et, d'une manière générale, la perte de cet équilibre
nécessaire à l'existence cérébrale normale.

M. Georges, par certains côtés, se rapproche beaucoup de
la femme, dont il a quelques instincts ou certaines façons de
faire : c'est ainsi qu'il a un grand enthousiasme pour les produits quelconques qui émanent de lui ; son instinct constructeur est très développé, de même que l'instinct destructeur.
Il a plus de vanité que d'orgueil, c'est à dire que le besoin
d'approbation est plus grand chez lui que le besoin de commandement. Parfois, cependant, ces deux instincts s'asso-
cient, d'où le besoin de se produire en public, de déclamer des
monologues, des scènes de tragédie ou de comédie en société
ou même encore des représentations théâtrales et d'y jouer
un rôle. Dès l'école primaire, à cause de son air timide, on
l'appelait « la fille » ; plus tard, en pension, ses camarades le
surnommèrent « la demoiselle ». A l'université même, on lui
donna le sobriquet significatif de « la femmelette ». Il était
d'un naturel doux et craintif, ne se querellant jamais, ne fai-

sant jamais de tapage, d'un calme à toute épreuve. Sa mise
a été toujours soignée dans les vêtements. Souvent il s'arrêtait devant la glace pour mettre en ordre ses cheveux et fréquemment dans la journée, il interrompait ses travaux pour
se regarder dans un petit miroir qu'il portait toujours sur lui.
Il nous a paru porter moins de scrupuleuse coquetterie dans
sa propreté corporelle. A l'époque du carnaval, il se dégui-
sait et s'habillait en femme, et sous ce costume, ses gestes,
ses petits pas, ses mouvements de hanches, sa voix très
élevée dans les notes aiguës, tout enfin donnait le change
d'une façon on ne peut plus complète. Il paraît même qu'é-
tant très jeune, il dit un jour à sa sœur cadette. « Ah! je
voudrais être fille pour pouvoir porter le voile à la procession. » Remarquons encore que, de bonne heure et jusqu'à
ces derniers temps, il a aimé la danse avec une passion extraordinaire; il avait pris l'habitude de tenir lui-même sa
chambre en ordre, à tel point que les dames amies de la
maison qui venaient le visiter, frappées de suite de ces soins
méticuleux, disaient fréquemment : « Mais on dirait que c'est
la chambre d'une jeune fille! » L'instinct constructeur est tellement développé chez lui que M. Georges peut rentrer dans
la catégorie de ceux qu'on appelle les *compteurs*; c'est ainsi
qu'il compte tout ce qu'il voit, retenant, grâce à cette mémoire spéciale une foule de dates et de chiffres; si ses yeux
se portent sur un bâtiment neuf, la première idée qui lui
vient à l'esprit est de compter combien il y a d'étages et de
fenêtres par étage, il voit passer un régiment ou un cortège tel
qu'un enterrement, une noce, il compte aussitôt combien il y a de
personnes dans chaque rang et combien en tout. Au théâtre,
dans un ballet, il compte de suite le nombre des danseurs;
de même, dans une réunion publique, il cherche à savoir
combien il y a d'assistants et toujours il en retient le chiffre.
Chaque année, nous dit-il, c'était un véritable plaisir que de
compter combien il se trouvait de personnes à la procession
du Jeudi-Saint, bien que ce nombre s'élevait chaque fois à
près de 2,000. Au Sénat, il comptait plusieurs fois dans une

séance combien de sénateurs était présents et c'était toujours
lui qui s'apercevait le premier quand l'Assemblée n'était pas
en nombre pour délibérer. Partout il remarquait les moindres
détails et était obsédé par l'idée de les connaître à fond. Dans
un salon, il voulait savoir le nombre de fauteuils, de
tableaux : dans la toilette d'une dame, il comptait jusqu'aux
volants des robes, le nombre et la couleur des plumes de son
chapeau ; de même en histoire et en géographie, le nombre
des rois et des royaumes, le nombre des villes et des fleuves
d'un pays. Un fait caractérisque, c'est que, dans les fonctions de président de la commission scolaire de son pays, il
savait l'âge, par année, mois et même jour de naissance
de 140 garçons fréquentant les écoles.

Il y a eu parfois exagération de l'instinct destructeur. On
sait que l'excitation de cet instinct accompagne souvent
l'excès d'excitation de l'instinct génésique. Ainsi, il aime la
plaisanterie aux dépens des autres ; il a été ardent dans les
luttes politiques ; sa jalousie pour ses adversaires a été vive
et il en est arrivé même à être obsédé par des idées de ven-
geances brutales.

Si ses instincts égoïstes et personnels sont si développés,
c'est au détriment, on le pense bien, de ses instincts géné-
reux : il a peu d'attachement ou celui-ci au moins ne s'est
manifesté qu'à la satisfaction de l'instinct génésique.

Les sentiments de vénération vis-à-vis de ses parents ont
été un moment troublés, dans ces dernières années et plusieurs
fois il lui est arrivé à se laisser aller à des mouvements d'humeur qu'il regrettait presque aussitôt, et dont il comprenait
l'inconvenance. Sa bonté parfois excessive, n'est que de la faiblesse ; il reconnaît lui-même combien il était impressionnable,
facile à attendrir, d'une tendresse hors ligne. La vue d'un
malheureux, d'une scène émouvante, lui fend le cœur. S'il
assiste à un discours politique ou religieux, d'un orateur
éminent, il est tellement ému qu'il ne peut s'empêcher de
verser des larmes ; il lui arrive même quand il lit en société
qu'il sent profondément et aux passages émouvants, il est

obligé de s'arrêter, parce que sa voie est altérée et que ses yeux sont pleins d'eau. Parfois, même seul, dans sa chambre lisant un livre intéressant, il est obligé d'interrompre sa lecture et se met à pleurer comme un enfant. Il y a chez lui une grande variabilité d'humeur, tantôt de l'excitation et de la dépression, d'où cet état de lassitude ou de joie, de gaîté ou de tristesse, de chagrins ou de rires, état qui a frappé beaucoup de personnes et a fait, paraît-il, croire à ses camarades et à ceux qui l'approchaient qu'il était fou ou au moins original.

b.) Les qualités d'intelligence sont d'ordre moyen; c'est un esprit analytique, ayant peu d'idées générales ; en revanche les qualités d'expression sont plus développées et la mimique excessive, il a un langage fleuri et abondant. Il est plus prétentieux que solidement instruit.

c.) Comme qualités d'activité ou de caractère, nous ne remarquons chez lui ni fermeté, ni courage. Il paraît qu'un des grands bonheurs de sa vie fut d'être exempté du service militaire ; il est peu persévérant dans ce qu'il entreprend ; en revanche et par suite de l'excès du fonctionnement de son instinct constructeur, il est circonspect et prudent. Dans ces conditions on le voit, tantôt expansif, tantôt concentré, mais, ce qui domine surtout chez lui comme il le dit, c'est la mélancolie, d'où ses longs moments d'ennuis ainsi qu'il arrive si fréquemment chez les égoïstes et les vaniteux. En résumé, de l'examen que nous venons de faire, il ressort que les facultés cérébrales de M. Georges ne sont pas du tout équilibrées, qu'il y a une exagération des instincts, une intelligence moyenne et des qualités d'activité médiocres. Parmi les instincts, celui qui domine et auxquels tous les autres sont, pour ainsi dire, subordonnés, est l'instinct génésique qui est même perturbé dans ses manifestations. Comme nous l'avons dit plus haut, M. Georges est atteint d'inversion du sens génital; c'est un hermaphrodite moral.

6° *Discussion des faits semblables.*

Les annales de la science renferment des exemples semblables à l'observation de M. Georges. Nous ne pouvons rapporter ici tous ces faits curieux et nous renvoyons pour des indications bibliographiques plus complètes à deux mémoires, l'un du professeur A. Tamassia *(Sull' inversione dell' istinto sessuale. In Revista sperimentale di frenatria et di medicina legale, 1878. p. 97)*; l'autre de MM. Charcot et Magnan *(Inversion du sens génital* in *Archives de Neurologie, 1882, p. 53 et 296).*

Cet état a été étudié sous le nom de *Contrare sexualempfindung,* par Westphal et de *Perverted sexual insstinct* par Julius Krueg.

Après Casper et Griesinger, Krafft-Ebing, divise ces anomalies de l'instinct sexuel en deux groupes : 1° les cas dans lesquels l'inversion de l'instinct sexuel est congénitale, habituelle et l'unique forme sur laquelle se montre et se satisfait cet instinct ; 2° les cas dans lesquels l'inversion de l'instinct sexuel n'est pas congénitale, mais est une altération passagère. Après avoir publié une observation qui, par plus d'un point ressemble à celle de M. Georges et après avoir rassemblé les faits cités par les auteurs, Tamassia conclut ainsi : « De tous ces faits, nous nous croyons le droit de conclure que cette perversion de l'instinct sexuel doit être considérée comme un profond état psychopathique ; avec Krafft-Ebing il faut cliniquement y voir la manifestation d'une grave dégénération fonctionnelle d'où, comme conséquence, la pleine irresponsabilité.

Comme on va le voir, il est curieux de rapporter quelques parties du mémoire de MM. Charcot et Magnan ; l'observation de leur malade est parfois tellement identique avec celle de M. Georges, que l'on dirait vraiment que c'est l'examen répété du même malade : « Nous trouvons dès le premier âge la voluptueuse curiosité pour les nudités masculines, la recherche des occupations féminines, le désir de ressembler à la femme, de plaire à l'homme, l'idée obsédante de l'homme nu s'imposant plus tard à l'esprit au milieu des études les plus sérieuses, l'onanisme, et l'exaltation de l'imagination amenant à la fin un tel état de faiblesse et d'éréthisme génital que l'érection et l'éjaculation se produisent à la vue des organes virils de l'homme, à la vue d'une statue, à la seule idée du pénis d'un homme : par contre, l'indifférence absolue pour la femme dont les attouchements, les provocations de toute nature ne peuvent venir à bout d'une invincible frigidité. Tout cela avec une entière conscience de l'état maladif. » Ne sont-ce pas là les symptômes que nous avons trouvés chez M. Georges ? Les mêmes auteurs citent ensuite des anomalies sexuelles bien plus singulières encore puisque l'instinct sexuel prend pour objectif ou un *tablier blanc* ou *les clous de la semelle* d'un soulier de femme ou le bonnet de nuit coiffant un homme ou la tête ridée d'une vieille femme ; puis les auteurs se demandent si leur malade n'est pas atteint de monomanie instinctive ou s'il ne présente pas le syndrome d'une des nombreuses manifestations qu'offrent les sujets que Morel a appelés *les dégénérés.* Ceux-ci, dès l'âge le plus tendre, sont marqués au cachet d'une tare cérébrale qui peut chez certains se manifester par un défaut d'équilibre mental, tout en s'accompagnant d'ailleurs de certaines facultés brillantes comme nous le voyons chez M. Georges. MM. Charcot et Magnan indiquent dans l'étiologie : « les antécédents héréditaires tels que l'âge disproportionné de la mère et du père, des bizarreries du grand-père maternel, l'émotivité et les goûts singuliers de la mère se traduisent de bonne heure chez le patient par des impulsions au vol et plus tard, sans compter l'inversion de l'instinct sexuel, par certaines dispositions d'esprit maladives, par le désir de compter et recompter plusieurs fois de suite les fleurs, les lignes, les clous, les carrés, les petits détails, en un mot d'une tapisserie, d'un écran, d'un plafond, d'une décoration quelconque. » Voilà encore une citation qui s'applique d'une façon presque complète au cas de M. Georges.

Avec Casper et Griesinger, MM. Charcot et Magnan

insistent sur ce fait que cette disposition est innée et ils ajoutent que : « c'est un fait capital, car une disposition native qui enchaîne la volonté poussant l'individu à des actes qu'il est impuissant à réprimer, doit nécessairement amener l'irresponsabilité. Cette donnée est d'autant plus importante à vulgariser que les magistrats, les médecins légistes qui ont eu à s'occuper d'attentat aux mœurs et sous les yeux desquels ont passé des individus essentiellement vicieux ont paru jusqu'ici peu disposés à attribuer à la maladie la part qui lui revient. » Il faut en effet apporter beaucoup de soins dans l'examen de malades semblables, car ce sont souvent des fous lucides chez lesquels la perte de l'équilibre cérébral fait que les instincts prédominent, excitent à la satisfaction de besoins maladifs et de désirs qui ne sont jamais réprimés par la volonté.

MM. Charcot et Magnan terminent ainsi : « Ces obsessions, ces impulsions, qui par le seul fait que le malade en a conscience, affectent certaines allures de bénignité, sont au contraire les manifestations d'un état toujours grave. Il faut des terrains de choix (prédisposition héréditaire, dégénérescence) pour que pareille floraison puisse se produire ; aussi vient-on à fouiller dans la vie pathologique de ces individus on ne manque point, à moins de réticences de la part du malade ou de la famille, de découvrir un état névro ou psychopathique des plus profonds. »

Nous en avons dit assez, il nous semble pour bien finir voir que le cas de M. Georges n'est pas unique dans la science, qu'il est rare sans doute, mais qu'il est aussi nettement caractérisé que ceux qui ont été observés par Westphal, Krafft-Ebing, Tamassia, Charcot et Magnan.

Nous pouvons donc conclure, étant donné les antécédents pathologiques maternels, que M. Georges est un héréditaire et peut-être un dégénéré. Les différentes facultés cérébrales ne sont pas suffisamment équilibrées, les instincts prédominent et parmi eux l'instinct génital. Celui-ci est excité et perverti dès l'âge le plus tendre. Du côté de l'esprit, on peut dire qu'il y a plus de mémoire et d'imagination que de jugement, de plus il est sans caractère et sans énergie ; parfois il y a de l'excitation, puis de la dépression mélancolique; M. Georges se rend compte parfaitement de son état, mais les impulsions sont telles qu'il n'est pas maître de réprimer les appetits déréglés d'une passion antinaturelle. Cet homme est un fou lucide et, comme nous l'avons dit plus haut, il est atteint d'inversion de sens génital, c'est un hermaphrodite moral. L'état de M. Georges est si bien caractérisé; le rapprochement que l'on peut faire de son observation avec celles qui ont été publiées par les différents auteurs est tellement identique, que nous arrivons aux mêmes conclusions au point de vue de la responsabilité. Nous estimons que M. Georges est un malade et nous le considérons comme irresponsable des actes qui lui sont imputés.

Ajoutons que cette maladie de M. Georges s'est améliorée et récemment sous l'influence d'un traitement longtemps prolongé que nous avons institué : Bromure de potassium, dérivatifs intestinaux, hydrothérapie. Il nous est impossible de dire si cette amélioration momentanée sera de longue durée. Il est à craindre que des circonstances fortuites ne reviennent amener une nouvelle excitation dans un cerveau mal organisé, mais momentanément déprimé, par suite de l'accusation dont a à répondre M. Georges.

Conclusion. — Des faits précédemment cités, nous concluons que :

1° M. Georges X... a, dans sa lignée maternelle, une tare pathologique : c'est un héréditaire et peut-être un dégénéré ;

2° A l'influence maternelle défectueuse se sont ajoutés des traumatismes crâniens graves, qui ont déterminé un état cérébral caractérisé par des signes physiques et des troubles mentaux ; d'où une perturbation morale ;

3° Les facultés centrales de M. Georges X... ne sont pas du tout équilibrées ; il y a une exagération des instincts, une intelligence moyenne et des qualités d'activité médiocres; parmi les instincts, celui qui domine et auxquels les autres sont, pour ainsi dire, subordonnés, est l'instinct génésique, qui est même perturbé dans les manifestations;

4° M. Georges X... est atteint d'inversion du sens génital; c'est un hermaphrodite moral;

5° M. Georges X... est un malade, et nous le considérons comme irresponsable des actes délictueux qui lui sont reprochés.

M. Georges, malgré cette consultation médico-légale si concluante, a été condamné a trois ans de prison par les tribunaux de son pays, tandis qu'en France un acquittement eût été certain.

CHAPITRE VI

———

SYMPTOMATOLOGIE

Maintenant que ces observations ont fixé l'esprit sur la nature de l'inversion, appliquons l'analyse.

Il faut auparavant établir ou plutôt rappeler deux lois commandant à la vie sexuelle des individus et dominant la question de l'inversion :

Première loi : c'est la constitution anatomique de l'individu, c'est la conformation des organes génitaux qui fait le sexe ; c'est le sexe qui fait le penchant et la mentalité correspondante ;

Deuxième loi : les sexes de noms contraires, s'attirent tandis que les sexes de mêmes noms se repoussent.

La première conclusion à tirer des observations précédentes est que dans l'inversion se réalise précisément l'opposé de ces lois de la vie sexuelle normale : les sexes de mêmes noms s'attirent tandis que les sexes de noms contraires se repoussent.

Rechercher quels sont les signes qui prouvent

ou accompagnent ce renversement, cette transgression de la loi, tel est le but de ce chapitre. — Les symptômes, que peuvent présenter les sexuels intervertis sont de trois ordres : 1° l'inversion, fait principal, et tous les phénomènes relatifs à l'instinct sexuel interverti ; 2° les troubles psychiques ou nerveux accompagnant l'inversion mais n'ayant aucun rapport avec l'instinct sexuel ; 3° les signes physiques.

Étudions d'abord l'inversion et tous les troubles se rapportant à l'instinct sexuel perverti.

Un premier point c'est l'identité complète des phénomènes quel que soit le sexe que l'on envisage ; le début, les manifestations, les causes sont les mêmes : chez l'un et chez l'autre sexe l'évolution de la perversion s'accomplit de la même manière.

D'un autre côté l'inversion apparaît dès l'enfance, dès l'âge de 5 ou 8 ans, c'est-à-dire — fait capital — bien avant qu'une éducation vicieuse ait pu avoir une influence sur les mœurs de l'individu. Les observations sont concluantes sur ce point : la perversion se montre spontanément.

Mais à cet âge, la fonction génitale n'étant pas encore établie, la perversion se manifeste autrement que par des actes sexuels, c'est-à-dire par un ensemble de symptômes significatifs et concordant tous entre eux. Les enfants recherchent la compagnie d'enfants du sexe opposé, se mêlent à eux, préfèrent leurs jeux, leurs occupations, en un mot ne se plaisent que dans leur milieu. Chez les garçons, c'est l'amour de la poupée, la recherche des travaux

de couture, le désir de s'habiller en femme ; chez
les filles, c'est la recherche des occupations masculines, l'amour du vagabondage, le plaisir de s'habiller en homme. Chaque interverti regrette d'être
de son sexe et désirerait appartenir à l'autre.

Mais ce n'est qu'à la puberté que se montre véritablement l'inversion, et chez ces sujets la précocité
de l'instinct est un fait des plus remarquables ; dans
la plupart des observations, les sensations voluptueuses ont été éprouvées de très bonne heure. Dès que la
fonction sexuelle est établie, la perversion se dévoile
nettement ; chaque sexe se tourne vers lui-même. On
voit les jeunes gens poursuivre de leurs assiduités
des garçons de leur âge et les jeunes filles faire la
cour à d'autres jeunes filles. L'homme se sent femme
vis-à-vis des hommes, et la femme se sent homme
vis-à-vis des femmes. Ce penchant est la caricature
du véritable amour, avec toutes ses joies, ses tris-
tesses, ses jalousies et ses colères. La satisfaction de
son instinct devient pour l'interverti l'unique
pensée de la vie, sa seule préoccupation. La perversion absorbe l'individu ; il ne semble vivre que pour
elle, et ne comprend l'amour que de cette façon.

Dans un certain nombre de cas, la vue seule des
nudités du même sexe causait la plus grande volupté
et dès le jeune âge plusieurs malades cherchaient
avec passion à contempler les nudités masculines au
bain.

Ce penchant dévié fait cependant son choix parmi
les individus de son sexe ; il ne s'adresse qu'à certains seulement, et exige qu'ils soient beaux, forts,

bien faits. Séduit, l'interverti se comporte absolument comme un amant passionné, a les mêmes prévenances, les mêmes amabilités pour l'objet de son amour ; il cherche à lui plaire par tous les moyens possibles.

L'inversion possède souvent l'individu à un tel point que même au milieu de la méditation la plus profonde l'obsession apparaît et s'impose.

Le sommeil même est traversé par des rêves voluptueux ayant un individu du même sexe pour objet ; dans un cas, si une femme apparaissait par hasard à un interverti durant son sommeil, elle ne tardait pas à se transformer en homme.

Mais l'amour du même sexe n'est pas le seul caractère de l'inversion ; elle s'accompagne d'indifférence ou de répulsion pour tout rapport normal avec un individu du sexe opposé. Tous les intervertis, sous ce rapport, se ressemblent ; il n'y a que le degré de l'aversion qui établisse une différence entre eux. La plupart arrivent à un âge avancé sans avoir eu de relations sexuelles régulières.

Chez les uns il n'y a que de l'indifférence, chez d'autres le dégoût est profond, insurmontable. Cette aversion a un caractère de tenacité spéciale. C'est en vain qu'ils cherchent à rentrer dans la voie naturelle, à réagir contre leur perversion instinctive ; le plus souvent le dégoût l'emporte sur la volonté. Ce n'est pas un spectacle sans enseignement que d'assister à cette lutte entre l'instinct perverti et la raison. Aux côtés mêmes du sexe opposé, rien ne peut venir à bout d'une invincible frigidité : les provocations s'usent contre leur anomalie. Ce n'est pas que la puissance fonctionnelle soit absente, mais elle ne se réveille qu'en face du même sexe. L'exaltation mentale et l'onanisme amènent en général ces sujets à une faiblesse irritable et un éréthisme tel que la vue, le souvenir même de l'objet aimé provoquent l'érection et l'émission de sperme.

La tournure même de l'intelligence de ces individus reçoit un contre-coup de leur perversion, et prend l'allure du sexe qu'ils voudraient être. Les hommes présentent un féminisme psychique remarquable, ils s'entendent à merveille aux travaux des femmes, à la toilette, et jugent tout comme elles. Les femmes, au contraire, se plaisent aux travaux des hommes et s'habillent en hommes.

En somme tous ces phénomènes psychiques concordant entre eux conduisent à cette conclusion : un homme est physiquement homme et psychiquement femme et une femme physiquement femme et psychiquement homme.

Passons maintenant en revue les autres phénomènes psychiques ou nerveux sans rapport avec l'instinct sexuel mais accompagnant souvent l'inversion.

Une disposition mentale que présentent les intervertis est la tendance à la manie ou à la mélancolie, Dans presque tous les cas rapportés après une période de satisfaction, d'excitation, succédait une période d'abattement et de mécontentement. Les tendances sont souvent misanthropiques, haineuses ; la propension au suicide est fréquente. C'est principalement pendant cette période de mélancolie et de stupeur que l'inversion parvient à son état aigu, que les impulsions perverties sont les plus violentes. La tendance au vol a été consignée plusieurs fois.

Les maux de tête ont existé dans un grand nombre de cas et ont offert un caractère d'intensité et de ténacité particulier.

Souvent ces maux de tête s'accompagnaient d'éblouissement, de vertiges ; les malades étaient obligés de s'appuyer pour ne par faire de chute. Les uns ont présenté des attaques hystériformes, les autres des attaques d'épilepsie. Dans plusieurs cas on a constaté l'impossibilité de fixer les idées, de les gouverner ; des idées se présentent que les malades ne peuvent chasser, d'autrefois elles se précipitent, disparaissent et sont remplacées par d'autres sans que la volonté puisse les retenir.

L'insomnie a accompagné fréquemment l'inversion.

Souvent les malades étaient des individus qu'on peut ranger parmi les *compteurs*. Ils ne pouvaient résister au besoin de compter, recompter plusieurs fois les mêmes détails d'une décoration quelconque ; notre malade dont l'instinct constructeur était si développé savait par année, mois et même jour, la date de la naissance de cent quarante enfants.

Les hallucinations ne sont pas rares : la malade de Westphal croyait entendre quelquefois de suaves mélodies, quelquefois elle voyait devant elle une série de têtes grimaçantes.

On a aussi noté des obsessions de toutes sortes, une émotivité extrême, une disposition dépressive, des craintes imaginaires, la peur des lieux élevés, la peur d'objets pointus, la fixité du regard, le bégaiement et d'autres symptômes variables à l'infini.

Les malades ont aussi présenté des tics, des contractions dans diverses parties du corps.

Quant aux symptômes physiques, on peut dire qu'il n'y a rien aux organes génitaux, bien qu'une fois on ait constaté une atrophie légère du testicule avec phimosis. Toutefois les autres stigmates des folies héréditaires peuvent exister tels que l'asymétrie du crâne et de la face, le strabisme, le bec de lièvre, le pied-bot, etc.

Mais avant de terminer, nous devons encore donner quelques considérations générales.

L'inversion de l'instinct sexuel est parfaitement compatible avec de brillantes facultés ; car ce qui caractérise les folies héréditaires est l'inégalité dans le développement des facultés intellectuelles dont les unes peuvent être brillantes, comme la poésie, le calcul, la mémoire et les autres obscures ou nulles.

On peut se demander dans quel sexe se rencontre plus fréquemment l'inversion de l'instinct sexuel. Cantarano prétend qu'elle est plus rare dans le sexe féminin. Comme nous l'avons dit, cette rareté apparente chez la femme, tient à ce qu'elle peut plus facilement dissimuler sa perversion.

Enfin, on peut se poser la question de savoir si les malades ont la conscience de leur état et de sa nature pathologique ?

D'après Westphal, ils en ont la conscience douloureuse ; d'après Krafft-Ebing, ces malades ne sont malheureux que par les obstacles que les conditions sociales et la loi mettent à la satisfaction de cet instinct. Ce n'est pas une immoralité ni une passion pour eux, mais bien une sensation naturelle, dont la satisfaction est le seul mode de relation sexuelle et de volupté.

Nous concluons donc de cette étude de l'inversion que :

1° Elle consiste dans l'attraction invincible de l'homme vers l'homme ; de la femme vers la femme ;

2° Elle est native et apparaît avant toute éducation ;

3° Elle constitue une obsession intense, constante ;

4° Elle s'accompagne de modifications psychiques et de troubles nerveux ;

5° Elle est caractérisée par l'absence de lésions anatomo-pathologiques des organes sexuels et par une grande précocité dans le développement de l'instinct.

CHAPITRE VII

Nous allons rechercher dans ce chapitre la raison d'être de l'inversion acquise, et sa nature, c'est-à-dire sa signification,

Qu'est-ce donc au fond que l'inversion? Est-ce une entité morbide distincte ou est-ce seulement un symptôme émergeant au-dessus de ce cortège de phénomènes psychiques ou nerveux qui l'entourent ?

L'étude de la cause de l'inversion doit nous donner l'explication que nous demandons.

L'inversion, avons-nous dit, se montre dès l'enfance, spontanément, sans éducation vicieuse préalable. Il n'y a que deux explications à donner de ce fait : ou c'est une bizarrerie de la nature ou elle a sa raison d'être dans un fait d'hérédité. La première explication n'en est pas une ; l'inversion ne peut être un *ludi naturæ* psychique, quand on la voit accompagnée d'un aussi grand nombre de symptômes qu'elle l'est dans chacune de nos observations. Que seraient-ils dans ce cas et quelle serait leur signification?

Ils ne s'expliquent, ainsi que l'inversion, que par un fait de dégénérescence. Aussi bien l'étude de chacun de nos malades, faite au point de vue des antécédents héréditaires, nous montre clairement qu'il ne saurait en être autrement. « Si les antécédents héréditaires, disent MM. Charcot et Magnan, à propos de leur sexuel interverti, ne révèlent pas de folie proprement dite, il n'en reste pas moins des conditions fâcheuses ; l'âge disproportionné du père et de la mère, les bizarreries et les extravagances du grand-père maternel, l'émotivité et les goûts singuliers de la mère, se traduisent de bonne heure, chez le patient, par des impulsions au vol et, plus tard, sans compter l'inversion du sens génital, par certaines dispositions d'esprit maladives, par le désir de compter et de recompter plusieurs fois de suite les fleurs, les lignes, les clous, les carrés, les petits détails, en un mot, d'une décoration quelconque. En outre, dès l'âge de quinze ans, les tendances névropathiques s'affirment par des crises convulsives qui semblent tenir de l'hystérie. »

Cette inversion est si bien un symptôme seulement, que d'autres observations existent d'individus présentant les mêmes antécédents héréditaires chez lesquels l'amour, au lieu de prendre pour objectif un individu du même sexe, prend un *tablier blanc, les clous de la semelle* d'un soulier de femme, etc., tous ces cas ne sont que des épisodes divers d'un même état pathologique ayant son origine dans l'hérédité. La forme seule des obsessions change, le fond pathologique ne change pas. Le médecin doit bien se garder de prendre l'accessoire pour le principal, le symptôme pour la maladie ; l'inversion n'est qu'un symptôme, mais un symptôme éclatant d'un état plus ou moins accusé de dégénérescence. Ces obsessions, ces impulsions, qui semblent bénignes par le seul fait que le malade en a conscience, sont les manifestations d'un état toujours grave. Il faut des terrains de choix pour que pareille floraison se produise. On s'est demandé aussi qu'elle pouvait être la cause éloignée, sociale, de l'inversion. Deux théories sont en présence : le darwinisme et la théorie des types retardés. Les uns ne voient dans l'inversion que la reproduction d'un fait passé ; l'inversion se montre parce que d'autres l'ont eue. Cette explication ne nous semble pas convaincante, elle ne fait que reculer la difficulté et la solution du problème. Si les Grecs en étaient atteints, de qui la tenaient-ils, et ainsi de suite. Nous préférons la théorie de M. Lacassagne, des *types retardés*. Où les uns veulent voir des types anciens tout à coup reproduits, nous ne voyons, avec notre maître, que des types retardés. Pour les uns, c'est un effet de l'atavisme ; ils voient une interruption, puis un retour en arrière. Nous croyons avoir justifié notre opinion dans l'historique des faits : il faut y voir une série non interrompue et non une sorte de fêlure morale, atavique et représentative.

DIAGNOSTIC

Nous fixerons, dans ce chapitre, la conduite à tenir devant les faits délictueux qui peuvent se produire dans l'inversion.

Nous allons d'abord brièvement rappeler la législation sur ce point.

Moïse punissait de mort le crime contre nature. Les Grecs le toléraient. Les Romains ne punissaient que l'attentat sur un homme libre. Le Coran en parle, mais ne paraît pas bien sévère. La législation française punissait de mort ceux qui *cum habent cum masculo*. La loi Caroline le punissait par le fer et le feu, et il y a peu de temps, on pendait encore pour ce crime en Angleterre et en Amérique. Le code autrichien punissait ce crime de un à cinq ans de travaux forcés, et, d'après le nouveau projet de réforme, la punition sera de un an de prison seulement. De nos jours, la législation française fait rentrer la pédérastie dans les attentats à la pudeur et ne fait pas de distinction quant au sexe de l'individu (art. 331). D'après l'âge de la victime, il y a aggravation de la peine si l'attentat est commis sur un enfant âgé de moins de treize ans, ou avec violence sur un enfant au-dessous de quinze ans accomplis (art. 331, 332, 333) du Code pénal.

Or, une disposition maladive innée, poussant à des actes que la volonté est impuissante à réprimer, entraîne l'irresponsabilité. Il faut donc éclairer la justice et défendre des irresponsables.

Les sexuels intervertis, quand ils sortent de l'amour platonique ou de l'onanisme solitaire, peuvent en arriver aux embrassements simples, aux caresses sans ou avec attouchements des parties sexuelles, à la masturbation par la personne aimée, à l'onanisme mutuel, à la sodomie. Mais cette manœuvre est rare chez les intervertis : elle les dégoûte à l'égal de l'homme normal. Il s'agit de distinguer le pédéraste par vice et le sexuel interverti.

Il faut d'abord remarquer que l'inversion est une affection rare relativement à la pédérastie.

Dans tous les cas douteux où il s'agit d'une accusation contre nature, une expertise médico-légale est obligatoire.

Le premier point à élucider sera la cause de l'inversion, il faudra rechercher si elle est acquise, secondaire ou native. En admettant qu'on trouve l'hérédité, l'existence isolée de l'inversion demandera un examen très attentif.

Il faudra alors dresser l'arbre généalogique de l'individu, remonter dans sa famille aussi haut qu'il sera possible ; on étudiera sa vie antérieure, sa santé actuelle, ses facultés intellectuelles, morales, d'activité, c'est-à-dire les qualités du cœur, de l'esprit, du caractère ; cela fait, il faudra peser tous les troubles et tous les signes de dégénérescence qu'il présente. La question de la responsabilité dépendra non point tant du nombre que de la valeur des signes relevés ; après la discussion de fait, on établira les conclusions.

Nous croyons en avoir assez dit sur ce sujet, après la consultation médico-légale de M. Lacassagne.

TRAITEMENT

Le traitement de l'inversion en *général* est préventif et actuel.

Nous ne dirons rien du traitement préventif de certaines formes de l'inversion acquise. Il n'est pas donné à la science de réprimer certains excès. Qu'on nous permette seulement de rappeler le rôle que joue l'internat dans l'éducation et d'adopter les conclusions de M. Sainte-Claire Deville *(De l'Internat et de son influence sur l'éducation et l'instruction de la jeunesse. — Revue scientifique, 1871)*.

L'internat a une influence pernicieuse dans l'éducation de la jeunesse ; le système d'externat employé par les peuples du Nord de l'Europe et de l'Amérique est bien supérieur au nôtre. On doit recommander l'instruction dans la famille. — Nous devons aussi faire une proposition à propos des individus dont le sexe ne peut être déterminé au moment de la naissance ; on comprend sans peine les conséquences qui peuvent résulter si on met cet individu pendant sa jeunesse dans un institution fermée, étant donné qu'il est presque voué à l'inversion. Nous proposons donc que cet individu soit élevé à part et qu'à sa majorité, d'après une expertise médico-légale, il opte pour l'un ou l'autre sexe.

Que peut-on tenter contre l'inversion native, cet état de dégénérescence si profonde ? employer plusieurs procédés à la fois :

1° Amoindrir l'activité de l'instinct sexuel, c'est-à-dire calmer les désirs vénériens ;

2° Tonifier le système nerveux ;

3° S'efforcer de diriger l'instinct dans la voie naturelle en cherchant à substituer suivant le cas la femme à l'homme ou l'homme à la femme.

On fixera une bonne hygiène morale et physique, on recommandera l'hydrothérapie, les affusions froides et les douches, le bromure de potassium, les dérivatifs intestinaux, les révulsifs à la nuque, les dérivatifs intestinaux, le lactate de zinc.

On a proposé un traitement chirurgical, la castration. Westphal ne croit pas qu'elle puisse guérir une affection mentale.

Meyer croit au contraire que l'ablation des testicules agirait utilement de même que l'extirpation de l'ovaire dans l'hystérie.

Contre l'anomalie psychique, Westphal, pense qu'il n'y a pas de remède.

CONCLUSIONS

1° Des faits tirés de l'histoire, de la littérature, de la science, on peut conclure qu'à côté de la dépravation des mœurs il y a la perversion des instincts, qu'à côté du vice il y a la maladie.

2° Envisagée dans son sens le plus général, c'est-à-dire signifiant l'amour d'un individu pour un individu du même sexe, l'inversion reconnaît pour causes : le vice — une malformation congénitale ou une maladie à lésions anatomo-pathologiques déterminées ; — un état de dégénérescence.

3° Avec Westphal, Krafft-Ebing, Charcot et Magnan, nous croyons que l'inversion proprement dite n'est qu'un symptôme saillant, un épisode curieux, une manifestation éclatante d'un état neuro ou psychopatique héréditaire, et qu'elle ne constitue ni une entité morbide distincte, ni une monomanie instinctive.

Elle est alors native, apparaît dès l'enfance, s'accompagne d'un grand nombre de troubles psychiques ou nerveux et détermine des impulsions irrésistibles ; elle est constante.

4° Au point de vue médico-judiciaire, sa constatation exige une expertise médico-légale ; il faut dresser l'arbre généalogique du malade, faire l'histoire de sa vie antérieure à l'expertise, de sa santé au moment même de cette expertise, rechercher si sa perversion est native, secondaire ou acquise ; étudier ses facultés intellectuelles, morales et d'activité, ses tendances pathologiques et tous les signes de dégénérescence ; la question de responsabilité dépend de la signification des symptômes ; si on constate un état héréditaire manifeste, l'impulsion instinctive dans le jeune âge, des troubles névro ou psychopathiques importants, on doit conclure à l'irresponsabilité.

5° Le malade n'est pas un dépravé, ce n'est pas un coupable, c'est un fou lucide ; le punir serait un contre-sens doublé d'un anachronisme.

6° Au point de vue séméiologique, malgré ses allures bénignes, l'inversion est une manifestation d'un état toujours grave. Ces malades sont des *hermaphrodites moraux ;* ils rentrent dans la classe des dégénérés.

VU : BON A IMPRIMER :

Le *Président de la Thèse*,

LACASSAGNE.

Vu : *Le Doyen*,

LORTET.

PERMIS D'IMPRIMER :

Le *Recteur*,

EM. CHARLES.

Lyon. — Imprimerie Nouvelle. rue Ferrandiere. 58.